ATRIUM

ERICH KÄSTNER

WER KIND BLEIBT, IST EIN MENSCH

Von Kicherfritzen, dem vergesslichen Christoph und anderen

Herausgegeben von Sylvia List

Atrium Verlag · Zürich

MIX
Papier aus verantwortungsvollen Quellen
FSC www.fsc.org FSC® C014496

Erstausgabe
1. Auflage

Umschlagillustration: Christoph Niemann, 2016
Druck und Bindung: GGP Media GmbH, Pößneck
Printed in Germany 2016
ISBN 978-3-85535-011-7

www.atrium-verlag.com

Inhalt

Nur wer erwachsen wird und Kind bleibt, ist ein Mensch

Die meisten vergessen ihre Kindheit wie einen Schirm und lassen sie irgendwo in der Vergangenheit stehen.
Die vier archimedischen Punkte

Dass wir wieder werden wie die Kinder, ist eine unerfüllbare und bleibt eine ideale Forderung. Aber wir können zu verhüten suchen, dass die Kinder werden wie wir.
Resignation ist kein Gesichtspunkt

Was befähigt einen guten Schriftsteller, auch ein guter Kinderbuchautor zu sein? Diese Frage hat Erich Kästner immer wieder beschäftigt, und daher stellte er sie auch, bei einer Begegnung in Zürich im Jahre 1953, seinen beiden Kolleginnen Astrid Lindgren und Pamela Travers, Verfasserin der *Mary-Poppins*-Bände. Einmütig befanden die drei: Täglicher Kontakt mit Kindern spiele zwar eine Rolle, entscheidend für den guten Kinderbuchautor sei jedoch, dass er »in unzerstörtem und unzerstörbarem Kontakt mit seiner *eigenen* Kindheit« stehe. Eine ihnen selbstverständliche, seltene Personalunion und ein Geschenk, mit dem das Geschick sichtlich sparsam umging. Nur die wahrhafte lebendige Erinnerung an die eigene Kindheit, so Kästner, befähigt den Kinderbuchautor dazu, wirklich für Kinder zu schreiben »und nicht für minderjährige Erwachsene«.

Wohl auch darum hat Kästner in seinen Romanen und Geschichten für Kinder so oft auf eigene Kindheitserlebnisse zurückgegriffen, sie vielfach variiert, in immer veränderten Kontext gestellt. Darum auch werden viele der hier erstmals wieder nachgedruckten Texte dem Leser vertraut vorkommen. *Krieg in der Hechtstraße* und *Das Fräulein am Reck* werden ihn an *Das fliegende Klassenzimmer* erinnern, die bezaubernde Geschichte *Der vergessliche Christoph* an *Pünktchen und Anton,* und bei *Die sieben Sachen* werden ihm die entsprechenden Episoden aus *Als ich ein kleiner Junge war* oder *Mama bringt die Wäsche* einfallen.

Wie gut Kästner sich in Kinder einfühlen konnte, zeigen Geschichten wie *Zwei Mütter und ein Kind* – ein kleines Mädchen und ihre Stiefmutter finden zueinander – oder *Ein kleiner Junge unterwegs,* in der ein Junge heimlich seine schwerkranke Mutter besucht. Dem zeitkritischen Kästner begegnen wir in der beklemmenden *Ballade vom Nachahmungstrieb,* den Überlegungen *Zur Entstehungsgeschichte des Lehrers* oder der mitfühlenden Beobachtung in *Der missglückte Milliardär.* Als unverändert aktuell erweist sich sein Bericht *Ein Kinderdorf entsteht.*

Ein anderes, für Kästner ganz zentrales Engagement wird sichtbar in *Die Musen als Erzieher*. Da geht es um eine – vermutlich von ihm selbst beratene – Theatergruppe von Jugendlichen an der Internationalen Jugendbibliothek. Kästner nimmt den überbordenden Spieltrieb der Kinder wieder einmal zum Anlass, eindringlich darauf hinzuweisen, wie elementar wichtig Rollenspiele aller Art, sei es in der Familie, unter Freunden oder auf der Bühne, für die Persönlichkeitsbildung von Kindern sind. »Turnen und Sport dienen dem Körper. Der Unterricht pflegt den Verstand und bereichert das Wissen. Wie aber und wann bildet man den Trieb zur Anmut, die Launen der Phantasie und die musische Neigung?« Dem Spieltrieb müssten die notwendigen Entfaltungsmöglichkeiten gegeben werden, damit Kinder wie Jugendliche sich harmonisch entwickeln können. Denn einzig dem durch die musische Erziehung geförderten Spieltrieb »verdankt die Menschheit das Gedicht, das Drama, das Bild, die Statue, das Lied, die Symphonie und den Tanz«. So Kästners Resümee in seinem leidenschaftlichen Aufruf *Schafft ständige Kindertheater!*.

Dass das Rollenspiel zu seinen eigenen kindlichen Vergnügungen zählte, dürfen wir daraus schließen, dass er in seine frühen Gedichtbände immerhin fünf »renovierte« alte Kinderspiele aufnahm, von denen zwei hier abgedruckt sind: *Der Doktor kommt* und *Pädagogik spaßeshalber*. In seinem *Premierenbericht für Klaus und Kläre* packt Kästner dann die Gelegenheit beim Schopf, andere Kinder, hier die kindlichen Leser von *Emil und die Detektive*, für das Theater und das Theaterspielen zu begeistern. Folgerichtig für einen wie ihn, der von sich sagt: »Meine Liebe zum Theater war die Liebe auf den ersten Blick, und sie wird meine Liebe bis zum letzten Blick bleiben.«

Phantastisches, Übertreibungen, Slapstick, Zauberei – all das ist dem Theater nicht unverwandt und ist zugleich fester Bestandteil der kindlichen Welt. Wer Spaß an solcherlei Texten hat, findet hier Gedichte wie *Die Sache mit den Klößen* oder *Arthur mit dem langen Arm*, bekannte Geschichten wie *Das Schwein beim Friseur* und *Der neugierige Friedrich* und auch weniger bekannte wie *Peter* oder *Kindernovelle*, die beide schon Elemente aus *Der 35. Mai oder Konrad reitet in die Südsee* vorwegnehmen.

In Kästners Texten spürt man das tiefe Verständnis für Kinder, seine innere Nähe und seine Zuneigung zu ihnen. Und doch hat man ihm immer wieder, irgendwie verwundert, vorgeworfen, er könne mit Kindern nichts anfangen. Stimmt das so? Man sollte bedenken: Kästner war niemand, der spontan auf andere Menschen zuging, er war immer der stille Beobachter, der aufmerksame Zuhörer. Er taute erst auf, reagierte lebhafter nur dann, wenn er mit vertrauten Personen umging. Warum hätte er sich Kindern gegenüber anders verhalten sollen? Dazu respektierte er sie viel zu sehr als eigenständige Persönlichkeiten. Ihm unbekannten Kindern gegenüber war er befangen; irgendein Gespräch mit ihnen anzufangen hätte er vermutlich als Anbiederung und Aufdringlichkeit empfunden. Zu den Kindern aber, die ihn nicht nur als den berühmten Autor, sondern auch als Menschen wahrnahmen, entwickelte er eine enge und herzliche Beziehung – man denke an Franz, den Sohn seiner Cousine Dora, oder an Hans-Albrecht Löhr, der einer seiner ersten begeisterten Leser war und auf der Bühne wie im Film den kleinen Dienstag verkörperte.

So ist dieser Band wieder einmal zu einem jener kästnertypischen »Gebinde aus Gänseblümchen, Orchideen, sauren Gurken, Schwertlilien, Makkaroni, Schnürsenkeln und Bleistiften« geraten. Den Leser wird es hoffentlich gut unterhalten.

München, Sommer 2016 Sylvia List

Kleine Epistel

Wie war die Welt noch imposant,
als ich ein kleiner Junge war!
Da reichte einem das Gras
  bis zur Nase,
falls man im Grase
  stand!

Geschätzte Leser –
das waren noch Gräser!
Die Stühle war'n höher,
  die Straßen breiter,
der Donner war lauter,
  der Himmel weiter,
die Bäume war'n größer,
  die Lehrer gescheiter!
Und noch ein Pfund Butter,
  liebe Leute,
war drei- bis viermal schwerer
  als heute!
Kein Mensch wird's bestreiten –
das waren noch Zeiten!

Wie dem auch sei,
vorbei ist vorbei.
Nichts blieb beim alten.
Man wuchs ein bisschen.
Nichts ließ sich halten.
Der Strom ward zum Flüsschen,
der Riese zum Zwerg,
zum Hügel der Berg.
Die Tische und Stühle,
die Straßen und Räume,
das Gras und die Bäume,
die großen Gefühle,
die Lehrer, die Träume,
dein Wille und meiner,
der Mond und das übrige
Sternengewölbe –
alles ward kleiner,
nichts blieb dasselbe.

Man sah's. Man ertrug's.
Bloß weil man später
ein paar Zentimeter
wuchs.

Der vergessliche Christoph

Christoph kam aus der Schule und merkte gleich, dass die Mutter schlechter Laune war. Er erzählte ihr, wie schwierig das Diktat über ei und ai gewesen wäre und dass Naumanns Richard schon wieder kein Taschentuch mitgehabt habe – aber sie sagte nur »Hm« und »Soso«. Nach dem Essen ging sie einholen, und er setzte sich über die Schularbeiten. Doch es war wie verhext: Er brachte nichts zustande. Er malte kleine Häuser und komische Pferde aufs Löschblatt, anstatt zu rechnen, und rutschte unruhig hin und her. Er hatte Angst und wusste nicht, wovor.

Dann kam die Mutter zurück. Sie brachte Blumen mit, stellte sie in die blaue bauchige Vase und trat ans Fenster. Christoph folgte ihr besorgt mit den Blicken und sah, dass ihr plötzlich eine Träne über die Wangen lief. Er rannte zu ihr hin, packte sie am Arm, wollte etwas sagen, brachte aber kein Wort heraus und fühlte, dass er auch gleich weinen würde, wenn sie nicht endlich spräche.

Da sagte sie, ohne ihn anzusehen: »Welchen Tag haben wir heute?« – »Den neunten April.«

Aber noch während er das Datum aufsagte, wurde ihm unheimlich zumute. Er griff sich an den Mund, hatte ganz verzweifelte Augen und stürzte jammernd aus dem Zimmer, hinüber in seine Kammer, wo er sich über das Bett warf und weinte.

Nun wollt ihr natürlich wissen, warum Christoph weinte und warum seine Mutter traurig am Fenster stand. Was war mit dem neunten April los? Und warum hatte sie ihn so betrübt danach gefragt?

Die Mutter hatte Geburtstag. Und Christoph hatte ihn vergessen. Sie konnte es kaum glauben. Da ging sie ins Blumengeschäft, kaufte einen Strauß und trug ihn nach Hause, als wäre er für ein Begräbnis.

Nun stand sie am Fenster, dachte an die entsetzten Augen ihres Jungen, den sie doch so liebte, und hatte längst vergessen, dass er sie gekränkt hatte. Sie fühlte nur großes Mitleid mit ihm und ging leise bis vor seine Kammertür. Sie hörte ihn schluchzen und seufzen. Als sie endlich die Tür öffnete und auf den Zehenspitzen bis an sein Bett ging, sah sie, dass er schlief. Sein rotgeweintes Gesicht war ernst und sehr erstaunt. Er träumte.

Er träumte: Er nahm die fünfzig Pfennige, die er gespart hatte, rannte die Treppe hinunter, aus dem Hause, die Straße hinauf, ins Blumengeschäft. »Einen Veilchenstrauß, aber er muss duften!«, sagte er. Da drehte sich die Verkäuferin um – es war seine Mutter. Sie sah ihn vorwurfsvoll an und hatte Tränen in den Augen.

Da lief er ins Schokoladengeschäft. »Ein Viertelpfund Pralinés!«, sagte er. Die Verkäuferin schüttelte den Kopf und sagte: »Aber Christel, ich ess doch gar keine Pralinés. Hast du das auch vergessen?« Es war wieder seine Mutter, und er rannte wieder auf und davon. Im Töpfereigeschäft, wo er eine kleine Vase kaufen wollte, stand die Mutter und weinte. In der Konditorei stand sie. In der Obsthandlung stand sie. Er rannte von einem Geschäft ins andere, aber überall war die Mutter und weinte.

Plötzlich sah er, dass sein Haus keine Wände mehr hatte. Er

konnte in alle Zimmer schauen, auch ins Wohnzimmer, wo die Mutter stand. Die Mutter kam langsam auf den Rand des Zimmers zu, dem Abgrund näher und näher. Noch einen Schritt – und sie würde hinunterstürzen …

Da schrie Christoph ganz laut: »Mutter!«, und breitete die Arme aus, als wolle er sie auffangen.

Dabei wachte er auf. Denn die Mutter hatte ihn in die Arme genommen, weil er so laut schrie, und presste ihn eng an sich. Er sah ihr ängstlich ins Gesicht und merkte, dass sie ihn anlächelte.

»Ich hab dich doch so lieb!«, sagte er.

Sie gab ihm einen Kuss und flüsterte: »Ich weiß es ja, mein Junge!«

Der kleine Erich und seine Freunde

Der Weg zum Heller, wo wir im Sommer spielten, war nicht weit, und doch war es, aus dem Wirrwarr der Straßen heraus, der Weg in eine andere Welt. Wir pflückten Blaubeeren. Das Heidekraut duftete. Die Wipfel der Kiefern bewegten sich lautlos. Der müde Wind trug, aus der Militärbäckerei, den Geruch von frischem, noch warmem Kommissbrot zu uns herüber. Manchmal ratterte der Bummelzug nach Klotzsche über die Gleise. Oder zwei bewaffnete Soldaten brachten einen Trupp verdrossener Häftlinge vom Arbeitskommando ins Militärgefängnis zurück. Sie trugen Drillich, hatten an der Mütze keine Kokarden, und unter ihren Knobelbechern knirschte der Sand.

Wir sahen, wie sie die Bahnüberführung kreuzten und im Gefängnis verschwanden. Manche Zellenfenster waren vergittert, andre mit dunkelbraunem Bretterholz so vernagelt, dass nur von oben ein bisschen Tageslicht in die Zellen sickern konnte. Hinter den verschalten Fenstern, hatten wir gehört, hockten die Schwerverbrecher. Sie sahen die Sonne nicht, die Kiefern nicht und auch uns nicht, die vom Indianerspiel ermüdeten Kinder im blühenden Heidekraut. Aber sie hörten es wie wir, wenn am Bahnwärterhäuschen das Zugsignal läutete. Was mochten sie verbrochen haben? Wir wussten es nicht.

Die Glöckchen der Erikablüten und das Kommissbrot dufteten.
 Das Zugsignal läutete. Der Bahnwärter, der seine Blumen gegossen

hatte, setzte die Dienstmütze auf und erwartete, in strammer Haltung, den nächsten Zug. Der Zug schnaufte vorbei. Wir winkten, bis er in der Kurve verschwand. Dann gingen wir nach Hause. Zurück in unsre Mietskasernen. Die Eltern, die Königsbrücker Straße und das Abendbrot warteten schon.

Sonst spielten wir in den Hinterhöfen, turnten an den Teppichstangen und ließen uns, aus den Küchenfenstern, die Vesperbrote herunterwerfen. Es war wie im Märchen, wenn sie, in Papier gewickelt, durch die Luft trudelten und auf dem Hofpflaster aufklatschten. Es war, als fiele Manna vom Himmel, obwohl es Brote mit Leberwurst und Schweineschmalz waren. Ach, wie sie schmeckten! Nie im Leben hab ich etwas Besseres gegessen, nicht im Baur au Lac in Zürich und nicht im Hotel Ritz in London. Und es hülfe wohl auch nichts, wenn ich künftig den Chefkoch bäte, mir die getrüffelte Gänseleberpastete aus dem Fenster auf die Hotelterrasse zu werfen. Denn sogar wenn er es, gegen ein beträchtliches Trinkgeld, täte – Brote mit Schweineschmalz wären es deshalb noch lange nicht.

Bei Regen spielten wir im Hausflur oder, über Fleischer Kießlings Pferdestall, auf dem Futterboden, wo es nach Häcksel, Heu und Kleie roch. Oder wir enterten den Lieferwagen, knallten mit der Peitsche und jagten ratternd und rumpelnd über die Prärie. Oder wir plauderten mit dem stampfenden Pferd im Stall. Manchmal besuchten wir auch Gustavs Vater, den Herrn Fleischermeister, im Schlachthaus, wo er mit dem Gesellen zwischen hölzernen Mulden, Schweinsdärmen und Wurstkesseln hantierte. Wir bevorzugten die Freitage. Da wurde frische Blut- und Leberwurst gekocht, gerührt und abgefasst, und wir durften sachverständig kosten. Unser Sachverständnis war über jeden Zweifel erhaben. Auch auf dem Spezialgebiet »Warme Knoblauchwurst«.

Noch jetzt, an meiner Schreibmaschine, läuft mir das Wasser im Munde zusammen. Aber das hilft mir nichts. Es gibt keine warme Knoblauchwurst mehr. Sie ist ausgestorben. Auch in Sachsen. Vielleicht haben sich die Fleischermeister meiner Kindheit mit dem Rezept im Bratenrock begraben lassen? Das wäre ein schwerer Verlust für die Kulturwelt.

Eine Zeitlang frönte ich dem Billardspiel. Der Vater eines Schulkameraden hatte, in der Nähe des Johannstädter Ufers, eine Gastwirtschaft. Nachmittags war sie leer, der Vater machte oben in der Wohnung sein Schläfchen, und nur die Kellnerin passte auf, ob womöglich doch ein verirrter und durstiger Wanderer einträte. Sie spülte hinter der Theke Gläser, machte uns Zuckerbier oder einfaches Bier mit Himbeersaft zurecht, stiftete jedem von uns beiden einen langen Holzlöffel zum Umrühren, und dann zogen wir uns dezent ins Vereinszimmer zurück. Hier stand ein Billard!

Wir hängten unsre Jacken über Stühle, denn die Haken am Garderobenständer waren für uns zu hoch. Wir suchten uns an der Wand die kleinsten Billardstöcke aus und stellten uns beim Einkreiden auf die Zehenspitzen. Denn die Queues waren zu lang, und zu dick und zu schwer waren sie außerdem. Es war ein mühsames Geschäft. Das Billard war zu hoch und zu breit. Die Elfenbeinkugeln kamen nicht richtig in Fahrt. Bei raffinierten Effetstößen lagen wir mit dem Bauch auf dem Brett, und unsre Beine zappelten in der

Luft. Wer das Resultat auf die Schiefertafel schreiben wollte, musste auf einen Stuhl steigen. Wir quälten uns wie Gulliver im Lande der Riesen ab, und eigentlich hätten wir über uns lachen sollen. Doch wir lachten keineswegs, sondern benahmen und bewegten uns ernst und gemessen, wie erwachsene Männer beim Turnier um die Mitteldeutsche Billardmeisterschaft. Dieser Ernst machte uns sehr viel Spaß.

Bis wir eines Tages ein Loch in das grüne Tuch stießen! Ich weiß nicht mehr, wer der Pechvogel war, ob er oder ich, doch dass ein großer dreieckiger Riss in dem kostbaren Tuche klaffte, das weiß ich noch. Ich schlich zerknirscht von dannen. Der Schulfreund erhielt, noch am gleichen Abend, von kundiger Vaterhand die erwarteten Prügel. Und mit unseren Billardturnieren samt Zuckerbier war es für alle Zeit vorbei. Den Namen der Gastwirtschaft und der Straße, sogar den des Schulfreundes hab ich vergessen. Er ist durch das große, grobe Sieb gefallen. Wohin? Ins Leere, das leer bleibt, so viel auch hineinfällt? Das Gedächtnis ist ungerecht.

Kinder spielen unbändig gerne Theater. Kleine Mädchen legen ihre Puppen trocken und zanken sie aus. Kleine Jungen stülpen sich Aluminiumtöpfe aufs Haupt, senken die Stimme und sind, mit einem Schlage, kühne Ritter und allmächtige Kaiser. Und auch die Erwachsenen verkleiden und verstellen sich gern. Besonders im Februar. Dann kaufen, leihen oder nähen sie sich Kostüme, tanzen als Odalisken, Marsmenschen, Neger, Apachen und Zigeunerinnen durch die Ballsäle und benehmen sich ganz, ganz anders, als sie in Wirklichkeit sind.

Dieses heitere Talent war und ist mir fremd. Ich kann, wie es heißt, nicht aus meiner Haut heraus. Ich kann Figuren erfinden, doch ich mag sie nicht darstellen. Ich liebe das Theaterspielen von Herzen, aber als Zuschauer. Und wenn ich mir zum Karneval, um nur ja niemandem den Spaß zu verderben, einen Bart klebe und als Kaiser Wilhelm mitgehe, stehe und sitze ich wie ein Ölgötze im Saal herum und spiele nicht mit, sondern schaue zu. Bin ich zu schüchtern? Bin ich zu nüchtern? Ich weiß es nicht genau.

Nun, es muss auch Zuschauer geben! Wenn niemand im Parkett säße, brauchten die Schauspieler ihre Perücken und Kronen gar nicht erst aufzusetzen. Sie müssten ihre Schminkschatullen ins Leihhaus tragen und einen Beruf ergreifen, der ohne Zuschauer auskommt. Ein wahres Glück also, dass es mich und meinesgleichen gibt!

Meine Laufbahn als Zuschauer begann sehr früh, und der Zeitpunkt war ein Zufall. Ich war sieben oder acht Jahre alt, als meine Mutter bei Frau Wähner, ihrer Putzmacherin, eine gewisse Frau Gans kennenlernte und sich mit ihr anfreundete. Frau Gans war eine imposante Dame. Sie wirkte, ihrem Namen zum Trotz, eher wie ein Schwan oder ein Pfau, war mit einem Theatermanne befreundet und hatte zwei kleine Töchter. Die ältere war sanft und bildschön, lag meist krank im Bett und starb, sanft und schön, schon als Kind. Die andere Tochter hieß Hilde und war weder schön noch sanft, sondern hatte, stattdessen, ein Temperament wie ein Gala-Riesenfeuerwerk. Dieses wilde Temperament platzte ihr aus allen Nähten, war unbezähmbar und stürmte, wie zwischen zwei hohen Mauern, auf ein einziges Ziel los: aufs Theaterspielen.

Die kleine Hilde Gans spielte Theater, wo sie ging und stand. Sie spielte ohne Publikum. Sie spielte mit Publikum. Und das Publikum bestand, wenn wir in der Kurfürstenstraße zu Besuch waren, aus vier Personen: aus ihrer und meiner Mutter, aus mir und ihrer bettlägerigen Schwester. Die Vorstellung begann damit, dass sie zunächst die Kassiererin spielte und uns Eintrittskarten verkaufte. Sie hockte, im Kopftuch, zwischen dem Schlaf- und Wohnzimmer in der offenen Tür und händigte uns, gegen angemessene Bezahlung, bekritzelte Papierschnitzel aus. Der Erste Platz kostete zwei Pfennige, der Zweite Platz einen Pfennig.

Der Preisunterschied wäre eigentlich gar nicht nötig gewesen. Denn die Schwester blieb sowieso im Bett, und die restlichen drei Zuschauer hätten es sehr ungeschickt anstellen müssen, wenn sie einander die Aussicht hätten verderben wollen. Aber Ordnung musste sein, und Hilde schickte, als Platzanweiserin, jeden, der nur einen Pfennig gezahlt hatte, unnachsichtig in die zweite Stuhlreihe. Als Platzanweiserin trug sie übrigens kein Kopftuch, sondern eine weiße Haarschleife.

Sobald wir saßen, begann die Vorstellung. Das Ensemble bestand nur aus der Künstlerin Hilde Gans. Doch das machte nichts. Sie spielte alle Rollenfächer. Sie spielte Greise, Kinder, Helden, Hexen, Feen, Mörder und holde Jungfrauen. Sie verkleidete und verwandelte sich auf offener Bühne. Sie sang, sprang, tanzte, lachte, schrie und weinte, dass das Wohnzimmer zitterte. Die Eintrittspreise waren nicht zu hoch! Wir bekamen für unser teures Geld wahrhaftig allerlei geboten! Und aus dem Schlafzimmer hörten wir ab und zu das hüstelnde, dünne Lachen der sanften, kranken Schwester.

Der mit Frau Gans, der Mutter der jungen Künstlerin, befreundete Theaterfachmann, selber ein Künstler von ehemals hohen Graden, hatte mit der Verwaltung der beiden Bühnen des Dresdner »Volkswohls« zu tun. Die eine Bühne hieß das »Naturtheater« und lag, von einem hohen gebeizten Bretterzaun umschlossen, unter freiem Himmel mitten im Wald. Hier wurde an drei Nachmittagen der Woche gespielt. Man saß, im Halbrund, auf primitiven Holzbänken und erfreute sich an Märchen, handfesten Volksstücken, Lustspielen und Schwänken. Es roch nach Kiefernadeln. Ameisen krabbelten strumpfauf. Zaungäste steckten die Nase über die Palisaden. Der Sommer schnurrte in der Sonne wie eine Katze.

Manchmal zogen schwarze Wolken herauf, und wir blickten besorgt nach oben. Manchmal grollte der Donner, und die Schauspieler erhoben ihre Stimmen gegen die unlautere, immer lauter werdende Konkurrenz. Und manchmal zerplatzten die Wolken, die Blitze züngelten, und der Regen prasselte in den letzten Akt. Dann flohen wir, und auch die Schauspieler brachten sich und die Kostüme in Sicherheit. Die Natur hatte über die Kunst gesiegt.

Wir standen, mit den Mänteln überm Kopf, unter mächtigen Bäumen. Sie bogen sich im Sturm. Ich drängte mich an meine Mutter, suchte den Schluss des Theaterstücks zu erraten, um den uns der Himmel, boshafterweise, betrogen hatte, und wurde nass und nässer.

Die andere Bühne des »Volkswohls«, ein vom Himmel unabhängiger Saal, befand sich in der Trabantengasse. Auch hier waren wir Stammgäste. Auch hier wurde ordentlich Theater gespielt. Und hier stand die kleine Hilde Gans zum ersten Male selber droben auf den Brettern! Sie spielte, in einer Bearbeitung des wundervollen Hauff'schen Märchens *Zwerg Nase,* die Titelrolle! Sie spielte sie mit einem Buckel, einer roten Perücke, einer enormen Klebnase, einer Fistelstimme und einem Temperament, das die Zuschauer umwarf! Auch meine Mutter und ich, erfahrene Hilde-Gans-Kenner, waren hingerissen! Von der Muttergans, nein, der Mutter Gans, ganz zu schweigen!

Mit diesem Erfolge war das Schicksal meiner Freundin Hilde besiegelt. Sie wurde, als Kind schon, Berufsschauspielerin, nahm Gesangsunterricht und wurde Soubrette. Da gerade für eine Sängerin der Name Gans nicht sehr vorteilhaft klingt, nannte sie sich seitdem Inge van der Straaten. Warum sie nicht berühmt geworden ist, weiß ich nicht. Das Leben hat seinen eignen Kopf.

Peter

»Also, ich bin gespannt wie ein Regenschirm, was es heute Mittag gibt«, erklärte Peter, als sich Arno von ihm verabschiedete. Arno seinerseits wackelte mit den Ohren, weil er das stets tat, wenn ihm nicht wohl war, und sagte: »Meine Vier im Diktat hat mich satt gemacht. Mein Alter wird furchtbar ausholen, wenn er die Zensur sieht.« Peter hieb ihm eins auf den Schulranzen und lachte. Aber Arno blickte ihn böse an, machte »Bäh!« und ging seines Wegs.

Peter pfiff sich die Treppen hinan, klingelte dreimal und murmelte fortwährend vor sich hin: »Denk dir, Muttchen! Ich hab im Diktat die Eins.« Er klingelte sicherheitshalber noch zweimal und beschloss dabei, von Arnos Vier, noblerweise, nichts zu sagen. Obwohl es natürlich guten Effekt gemacht hätte …

Er klopfte in kurzen Abständen sechsmal und klingelte wieder. – Er legte das Ohr an die Tür. Drinnen schlug ein angelehntes Fenster. – Er wurde ungeduldig, rundete den Mund dicht am Schlüsselloch und rief: »Mama! Mama, Ma-ma!« – Aber sie kam nicht. – Er trommelte mit der Faust an den Briefkasten und klingelte, wie das Telefon klingelt, wenn es allein in der Wohnung ist. Dann wurde er unruhig, bekam es mit der Angst und trat mit dem Stiefel gegen die Tür!

Nichts rührte sich. Wo sie nur stecken mochte? Wenn sie nur beim Fensterputzen nicht auf die Straße – … Doch das hätten die Leute ja merken müssen. Und dabei roch es so gut nach Eierkuchen! Jetzt freilich hätte er gar keinen Eierkuchen gemocht.

Er klingelte noch einmal. Aber ganz behutsam, als wollte er nicht stören … Dann setzte er sich auf die Treppe, holte tief Atem, stopfte die Fäuste unters Kinn und guckte zum Schlüsselloch hinüber, als sei es ein verzaubertes Auge …

Na ja, und dann stand mit einem Mal ein Schutzmann da. Alle Wetter! Der zwirbelte seinen Schnurrbart, zog das Notizbuch zwischen den Uniformknöpfen heraus und fragte: »Welche Hausnummer ist das hier?« – Peter antwortete: »Achtundvierzig.« Der Schutzmann presste den Bleistift in die Unterlippe, murmelte: »So, so. Hm. Sechs mal acht ist achtundvierzig«, blätterte in seinem Buch, zuckte die Achseln und meinte: »Meldungen liegen nicht vor.« Peter traten die Tränen in die Augen.

»Heul bloß nicht«, bat der Schutzmann, griff in die Tasche und holte ein ganz, ganz kleines Automobil heraus. Das hielt er an den Mund blies die Backen auf. Er sah dabei aus wie einer vom Posaunenchor. Und das Auto wurde immer größer und immer größer, bis es auf der Treppe kaum noch Platz hatte. Der Schutzmann setzte sich ans Steuer und sagte: »Hopp! Jetzt wollen wir die Mama suchen.« Peter kletterte in den Wagen. Der Motor begann zu laufen, und dann rumpelten sie die Treppe hinunter. Das war kein Spaß. Vor allem die Kurven machten Schwierigkeiten. – Unten kam gerade Frau Pfennigwert aus dem Keller. Sie hatte Kohlen und Briketts geholt und verlor vor Schreck die Eimer. Und Augen machte sie! Peter musste sich wegdrehen.

Sie fuhren viele Straßen entlang. Peter musterte alle Leute, und manchmal dachte er wirklich, die Mutter wär's! Sie war es aber nicht. – Sooft der Schutzmann hupte, nahmen die vorübergehenden Frauen die Hüte ab, damit man sie besser anschauen konnte.

»Noch nicht gefunden?«, fragte der Schutzmann.

»Nein«, sagte Peter, »noch nicht.«

Tante Haubold begegneten sie, aber die wusste auch nichts und entschuldigte sich wegen ihrer Eile, aber sie müsse schleunigst zum Zahnarzt, um sich von ihm die Hühneraugen ziehen zu lassen. Es wäre nicht mehr zum Aushalten.

Ein paarmal fuhren sie auch direkt in die Geschäfte hinein, in denen die Mutter für gewöhnlich einkaufte. Im Konsumverein war sie nicht, bei Fleischer Augustin nicht und bei Bäcker Ziesche auch nicht. Der Schutzmann grüßte immer durch Anlegen der rechten Hand an die Kopfbedeckung, und Peter machte es ihm nach. Die Ladenfräuleins im Konsumverein wollten gleich mitfahren. Aber der Lagerhalter sagte, dann würde er weinen. Und da blieben sie eben im Laden.

Als sie wieder auf der Straße waren, borgte der Schutzmann Peter sein Taschentuch, ließ den Schnurrbart tieftraurig hängen und meinte: »Wir wollen mal nach der Hauptwache fahren, ob sie doch abgegeben worden ist.« Er schaltete den dritten Gang ein, und dann sausten sie, wie es das sonst nur noch im Kino gibt, nach der Polizeihauptwache. Der Portier rief: »Hurra.« Sie sausten an ihm vorbei, die Freitreppen hinauf und Gänge entlang und in ein Zimmer hinein, an dessen Tür »Fundbüro« geschrieben stand!

Drin saß ein Beamter vor einem Schreibtisch, frühstückte, klapperte dazu mit einem großen Schlüsselbund und fragte, warum sie draußen am Strohdeckel die Autoreifen nicht abgeputzt hätten und was sie eigentlich wollten. Als sie es ihm erklärt hatten, ging er mit seinem großen Schlüsselbunde zu einer langen Reihe riesiger Schränke, die an der Wand standen, und schloss sie auf.

Das waren ja nun wirklich komische Schränke!

Sie hatten große, breite Fächer, und in diesen Fächern standen Knaben und Mädchen, und Männer und Frauen, und warteten, dass sie von ihren Angehörigen abgeholt würden. – Ein kleiner Junge war schon über eine Woche da und hatte verweinte Augen. Er hatte vergessen, wie er hieß! Es hilft eben nichts, man muss sich seinen Namen merken … Peter ging vor den Schränken hin und her und suchte. Er sah ganz kleine Kinder, die auf Topfstühlchen saßen und Schlagsahne löffelten; und er sah einen Professor, der sich einbildete, er sei ein abgegebener Regenschirm. Und ein anderer Herr war da, der hatte sich, spaßeshalber nur, seinen Vollbart abnehmen lassen, und wie er nach Hause kam, warf ihn seine eigene Frau die Treppe hinunter und behauptete, er sei gar nicht ihr Mann! Nun stand er hier im Schrank und wartete, bis er wieder einen Vollbart bekäme. – Viele Kinder waren da, die beim Einholen das Geld verloren hatten und sich nicht nach Hause wagten.

Alles in allem, es waren merkwürdige Schränke.

Aber Peters Mutter war nicht darin. Und da meinte der Schutzmann betrübt, weiter könne er nun auch nichts tun. Er wolle ihn wieder nach Hause bringen.

Unterwegs fuhren sie an einem langen Gebäude vorüber. Es hatte kein Dach. Die Fenster fehlten. Und Peter fragte, was das denn sei.

Der Schutzmann blickte sich nicht um, antwortete nichts, sondern wendete nur den Wagen und ratterte durch das Haustor in den Hof. Sie stiegen aus, und Peter las ein Schild, auf dem stand: »Kaserne für böse Eltern«. Er wollte gleich wieder umkehren. Doch der Schutzmann sagte, es käme oft vor, dass versehentlich auch gute Eltern hierhergebracht würden. Man könne ja ganz schnell einmal durchgehen.

Zuerst führte sie der Inspektor in die »Station für leichtere Fälle«. Hier waren Männer und Frauen – in Kinderanzügen, mit Haarschleifen und Matrosenmützen – gerade dabei, aus Zeitungspapier Schiffe und Helme zu falten, andere kreiselten. Und wer es nicht zustande brachte, wurde auf einen Stuhl geschnallt und elektrisiert, bis er »Au!« schrie. Andere mussten an Reckstangen den Aufschwung und die Kniewelle üben. Andere sagten Schillers *Lied von der Glocke* her, bis sie es, ohne steckenzubleiben, konnten. Einer, erzählte der Inspektor, deklamiere nun schon drei Tage und drei Nächte hintereinander, ohne zu pausieren … Und wieder andere mussten das große Einmaleins vor- und rückwärts herunterschnurren oder dreißig Pfund Pudding essen.

Sie wurden hier behandelt, wie sie ihre Kinder behandelt hatten, und durften nicht eher wieder nach Hause gehen, bis sie schriftlich erklärten, gute Eltern werden zu wollen.

In der »Station für schwere Fälle« traf Peter seinen Klassenkameraden Arno. Der sah furchtbar verprügelt aus und zeigte stumm auf seinen Vater, der, in kurzen Hosen, vor einem Magnetofen stand und zusehen musste, wie seine mit geriebener Semmel panierte Hand in einem Tiegel schmorte. Der rohe, grobschlächtige Mann war blass und starrte entsetzt auf die Hand, die einem Kotelett immer ähnlicher wurde. Peter fand das abscheulich, aber der Inspektor sagte ihnen, Arnos Vater verdiene es nicht besser und man habe an seinesgleichen schon die verschiedensten Methoden probiert; aber das Händebraten habe sich als das wirksamste Mittel erwiesen. Man wende es auch nur bei ganz besonders bösen, grausamen Eltern an, die dächten, Kinder wären zum Quälen da. – Es wäre trotzdem besser, wenn sie bald gingen. Denn vermutlich werde gleich die Brüllerei anfangen. Peter rannte wie besessen auf die Straße heraus.

Und nun, sagte der Schutzmann, wäre er mit seinen Kenntnissen zu Ende. – Er brachte Peter wieder auf die Treppe zurück, gab ihm die Hand, ließ die Luft aus seinem Auto, steckte es in die Tasche und ging.

Jetzt saß der Junge wieder auf seiner kalten Stufe und war recht unglücklich. Die Eierkuchen dufteten durchs Schlüsselloch, dass der Magen wie ein kleiner geärgerter Hund zu knurren anfing; und Peter wurde immer trauriger. Nirgends war die Mama zu finden gewesen. Wo mochte sie nur sein? Ihm war, er wartete schon viele, viele Stunden …

Dann schlug unten die Haustür, und er dachte: Das ist sie! Es war aber ein schwerer, langsamer Schritt, als ob jemand ein Klavier heraufschleppe. Und dann war's der Briefträger. Er stellte einen Riesenkarton neben die Tür und fragte: »Mutter zu Hause?«

»Nein«, sagte Peter, »was bringen Sie denn da Schönes?« Der Briefträger wusste es nicht, obwohl er es gern gewusst hätte, und zeigte auf den Karton. Dort stand in großen bemalten Buchstaben: »Vorsicht! Lebendig!« Peter nahm sein Taschenmesser und schnitt den Strick durch. Der Briefträger hätte zu gern gewartet, aber er hatte noch viele Wege vor und musste weiter. – Peter hob den Deckel ab und sah nichts als Holzwolle. Mit beiden Händen griff er hinein und warf sie auf die Treppenstufen.

Als er wieder in den Karton hineinlangte, kriegte er eine Nase zu packen und erschrak mordsmäßig. Und dann bewegte sich die Holzwolle – irgendetwas krabbelte drin herum, pustete, hob sich empor –, und das war: Peters Mama!

Er stand wie versteinert. Sie aber lachte herzlich, weil sie ihn so überrascht hatte, hopste vollends aus dem Karton, stupste ihn vor die Nase ...

Es war schon so. Die Mama gab ihm einen Nasenstüber und rief fröhlich: »Aber wer wird denn auf der Treppe einschlafen!«

»Donnerlüttchen!«, sagte Peter. »Endlich. Also, wo ich dich überall gesucht habe! Im Konsum, bei Augustins, bei Ziesches, auf dem Fundbüro ...« Aber da merkte er, dass der Karton und die Holzwolle nicht mehr auf der Treppe lagen ... Er schüttelte den Kopf und fragte: »Wo warst du nur so lange?«

»Bei Frau Rößler!«, rief sie. »Die soll mein blaues Kleid umändern! Und heute gibt's Eierkuchen!«

»Hab ich längst gerochen«, meinte er stolz. »Mit Preiselbeeren oder mit Pflaumen?«

»Mit Quittenmarmelade!«

»O, das ist fein! – Was wollte ich doch noch sagen ... Ja! Denk dir, Muttchen, ich hab im Diktat die Eins.«

»Du bist ein tüchtiger Junge.«
»Und Arno – du kennst doch Arno! –, Arno hat die Vier!«
»Der arme Kerl«, sagte die Mutter und schloss die Tür auf.

Der Doktor kommt

(Ein altes Kinderspiel, renoviert)

Der Arthur muss sich auf das Sofa legen.
Er starrt dabei am besten an die Wand.
Die Erna, seine Frau, weiß nicht, weswegen,
und greift bestürzt nach Arthurs linker Hand.

»Du hast ja Fieber!«, ruft sie sehr erschrocken,
»was fehlt dir denn? Du bist doch sonst nicht so?«
»Lass mich in Ruhe!«, sagt der Arthur trocken,
»mich bringen nicht zehn Pferde ins Büro!«

Nun muss er frieren. Dies vor allen Dingen.
Und murmeln: Oh, der Kopf tät ihm so weh …
Die Erna muss ihm ein Glas Wasser bringen
und sagen: »Das ist Lindenblütentee.«

Das Wasser muss er selbstverständlich trinken
und dabei grässlich das Gesicht verziehn.
Dann muss er stöhnend in die Kissen sinken
und Zucker essen. Anstatt Aspirin …

Dann fängt er plötzlich an zu phantasieren.
Er schreit zum Beispiel: »Frau! Dein Kopf! Gib acht!
Du wirst ihn morgen unterwegs verlieren!«
Worauf er end- und grund- und herzlos lacht.

Nun fange Erna lautlos an zu weinen
und werde blass. Doch nur, falls sie das kann.
Dann eile sie mit angstbeschwingten Beinen
zu einem Schlüsselloch und rufe an:

»Ach bitte, dreiundzwanzig, null, null, sieben!
Herr Doktor selber? – Wie? – Hier Erna Frank!
Mein Mann ist krank und heut im Bett geblieben.
Sie kommen gleich? – Wie reizend! – Gott sei Dank!«

Und schon nach weniger als zwei Minuten
klopft Emil an und ist der Doktor Pest.
Bevor er eintritt, muss er dreimal tuten,
weil er sein Auto vor der Türe lässt …

Als Doktor muss er weiße Handschuh tragen.
Wenn er sie auszieht, wirkt das sicher gut.
»Er schläft gerad«, muss Erna leise sagen.
»Nur Mut«, meint Emil, »junge Frau, nur Mut!«

Dann muss er Arthur an die Pulse fassen
und mit den Lippen wackeln, weil er zählt.
Und Arthur muss sich das gefallen lassen.
Weil er doch wissen möchte, was ihm fehlt.

Auf Brust und Rücken muss ihm Emil schlagen,
und kräftig atmen lassen muss er ihn. –
Ja … was es wäre, könne er nicht sagen.
Hierbei muss er die Brauen sinnend ziehn.

Es wäre nötig, das Gehirn zu spülen,
mit Zyankali oder Jodtinktur.
Und statt der Adern brauche er Kanülen.
Und außerdem auch die Verjüngungskur!

Dem Arthur stehn die Haare steil nach oben.
Ihm rollen Tränen in den offnen Mund.
Und plötzlich hat er sich vom Bett erhoben,
turnt hin und her und brüllt: »Ich bin gesund!«

Erstaunlich schnell sucht er nach Rock und Kragen.
Der Doktor lächelt. Erna fragt: »Wieso?«
Dann hört sie Doktor Pest zu Arthur sagen:
»Ich bringe Sie im Auto vors Büro.«

Dann müssen beide ungesäumt entschreiten
und vor der Tür, als ob sie hupten, schrein.
Und Erna muss den Frühstückstisch bereiten.
Denn Erna frühstückt gern. Und gern allein …

Die sieben Sachen

Karls Vermögen betrug fünfundsechzig Pfennig. Er hatte das Geld in kleinen Portionen gespart. Denn er besaß die Konzession, leere Bierflaschen in den Kolonialwarenladen zurückzubringen und die ausbezahlte Einlage zu behalten. Dadurch war er an der Hebung des Bierkonsums in der Familie interessiert, und gelegentlich fragte er beim Abendbrot: »Papa, hast du heute keinen Appetit auf Bier?« Aber Herr Bollensänger trank lieber Kaffee. Außerdem durchschaute er die diplomatische Bedeutung der Frage in keiner Weise. Und so kam es, dass der kleine Karl, trotz rigoroser Streichungen in seinem Ausgabe-Etat, nur fünfundsechzig Pfennige besaß, als der Geburtstag seiner Mutter gekommen war. Immerhin, in seinen kleinen Augen – Karls Augen waren schmal wie die Schlitze an Sparbüchsen – waren fünfundsechzig Pfennige ein bemerkenswertes Kapital.

Karl stellte sich schlafend, als die Mutter einkaufen ging. Er wollte ihr nicht gratulieren, bevor er das Geschenk besorgt hatte. Als die Tür zuschlug, sprang er aus dem Bett, machte sich eilends zurecht, holte das Geld aus der linken Hosentasche seines guten Anzugs, und dann lief er aus dem Haus. Zu überlegen gab es nun weiter nichts. Er wusste seit Tagen, was er schenken wollte. An der Ecke Jordanstraße, vor Kühnes Schnittwarengeschäft, blieb er stehen, überzählte noch einmal das Geld, stieg die fünf Stufen zur Ladentür hinauf und betrat, ernst und feierlich gestimmt, das Geschäft.

Herr Kühne las die Morgenzeitung, legte sie fort, schob die Brille auf die Stirn hinauf und sagte: »Was soll's denn sein, kleiner Bollensänger?«

»Ich möchte eine Rolle weiße Seide und eine Rolle schwarze Seide.«

Herr Kühne zog einen Kasten auf und legte die beiden Rollen auf den Ladentisch.

»Dann möchte ich noch ein Heft Stecknadeln und ein Heft Nähnadeln. Aber nicht mit so kleinen Löchern.« Karl bemühte sich vergeblich, die erforderliche Größe der Nadelöhre mit den Fingern anzudeuten.

»Nehmen wir die«, sagte Herr Kühne und legte zwei Nadelpäckchen blau mit silberner Schrift neben die weiße und schwarze Seide.

»Nun vielleicht noch eine Rolle weißen Zwirn und eine Rolle schwarzen.«

»Vielleicht?«, fragte Herr Kühne streng.

»Nein, sondern wirklich«, antwortete Karl. Und Herr Kühne holte aus einem andern Kasten den Zwirn.

»Sechserlei«, bemerkte Karl anerkennend, »was kostet denn das, bitte?«

»Zehn, fünfzehn, fünfundzwanzig«, Herr Kühne murmelte Ziffern, schob die Brille von der Stirn auf die Nase, anscheinend, um exakter kopfrechnen zu können, und sagte schließlich: »Macht fünfzig Pfennig.«

»Da bleiben mir fünfzehn Pfennig. Ach, da nehme ich noch ein Dutzend große Druckknöpfe.«

Herr Kühne brachte die Druckknöpfe und legte sie zu dem Übrigen.

»Macht fünfundsechzig Pfennig. So, nun bist du dein Geld los.«

Karl blickte begeistert auf die Röllchen, Rollen und Päckchen, zählte das Geld – es war noch ganz warm – auf den Ladentisch und sagte: »Nun hätte ich noch eine große Bitte, Herr Kühne. Wenn Sie mir für die Sachen einen kleinen Karton geben könnten, zum Hineinlegen, weil … Es ist nämlich ein Geschenk.«

»Aha! Ein sehr praktisches Geschenk!« Herr Kühne ging in Kniebeuge und brachte verschiedene leere Kästchen zum Vorschein. Eines von ihnen eignete sich. Er legte die sieben Geschenkartikel erst auf ein Polster aus Seidenpapier und dann in den Karton.

»Direkt zum Anbeißen, was?«, meinte Karl, nahm das Paket, machte eine Verbeugung, grüßte und ging.

Herr Kühne hustete. Eigentlich hatte er lachen wollen. Aber das Lachen war ihm in die falsche Kehle geraten. Er hustete also und setzte sich dann wieder zu seiner Morgenzeitung.

»Wo warst du denn, um alles in der Welt?«, fragte die Mutter, als sie ihm die Tür öffnete.

Karl hielt ihr das Paket hin und sagte: »Da! Ich gratuliere dir mächtig zum Geburtstag!«

»Ich danke dir schön, mein Junge. Hauptsache, dass wir gesund bleiben.«

»Ja, ja, Muttchen, mach nur mal das Paket auf!« »Nun, komm nur erst in die Wohnung.« Sie gingen ins Zimmer. Während die Mutter das Geschenk aus dem Papier wickelte, sagte er: »Also, eigentlich wollte ich dir wieder Nelken schenken. Aber Blumen kriegst du immer von Tante Berta und Herrn Schurig. Und da dachte ich mir, vielleicht wäre es richtiger … Na, hab ich 'ne Angst, ob's dir gefällt … Herr Kühne meinte …«

»Aber das ist ja großartig!«, rief die Mutter und schlug die Hände über dem Kopf zusammen. Sie hatte den Karton geöffnet und starrte überrascht auf die sieben Sachen.

Dann hob sie alles heraus, vorsichtig, als wären die Druckknöpfe, der Zwirn, die Seide und die Nähnadeln aus Meißner Porzellan.

»Da staunst du, was? Ich finde es kolossal praktisch«, meinte Karl couragiert, und etwas zaghafter fragte er: »Freust du dich auch ganz richtig drüber? Genau so, als wenn ich dir Nelken angebracht hätte?«

Die Mutter zupfte ihn mit beiden Händen an beiden Ohren, gab ihm einen Kuss und erklärte: »Ich freue mich noch viel mehr darüber, mein Kleiner.«

Am Nachmittag kamen Tante Berta und Frau Bäckermeister Schmidt. Sie schenkten Blumen. Die Bäckermeisterin brachte außerdem noch einen runden Apfelkuchen. Herr Schurig, der möblierte Herr, gratulierte ebenfalls. Er stiftete eine Flasche Malaga, trank mit den Frauen Kaffee und verabschiedete sich dann. Er hatte in der Fortbildungsschule Zinsrechnung zu geben. Tante Berta fand, als er fort war, er sei reizend. Frau Schmidt schimpfte mächtig auf den Kaffeedurst, den sie habe. Und Frau Bollensänger ging in die Küche, um frischen Kaffee aufzusetzen. Karl begleitete sie.

Als er nach kurzer Zeit, die große Kanne balancierend, zurückkam und an der geschlossenen Stubentür stand, hörte er, wie sich die beiden Frauen unterhielten.

»So ein alberner Einfall von dem Jungen, seiner Mutter Zwirn und Druckknöpfe zu schenken«, sagte die Tante.

»Ich finde es auch reichlich abgeschmackt«, gab Frau Schmidt zur Antwort.

»Wenn wir unsrer Mutter so etwas angebracht hätten, wären wir schlecht angekommen.«

»Es hat so etwas Liebloses.«

»Ja, das ist es. Ich verstehe meine Schwester nicht, dass sie sich darüber auch noch freut.«

»Gott, was soll sie machen? Wer weiß, ob sie sich wirklich gefreut hat.«

Der kleine Karl stand im dunklen Korridor. Die Kaffeekanne zitterte, als ob sie friere. Da kam die Mutter aus der Küche, wäre beinahe über ihn gestolpert und fragte erstaunt:

»Was treibst du denn hier?«

»Ach«, sagte er, »ich kriege die Tür nicht auf, die Kanne ist so schwer.« Dann gingen sie beide in die Stube. »Hurra! Frischer Kaffee!«, rief Frau Bäckermeister Schmidt, setzte sich aufs Sofa und schnupperte geräuschvoll.

Am Abend, als ihn die Mutter ins Bett brachte, sagte er: »Ärgerst du dich sehr, dass der Vater deinen Geburtstag vergessen hat?«

»Ach wo«, meinte sie, strich die Decke glatt und lächelte. »Ach wo, das ist gar nicht so schlimm. Er ist nun mal so.«

»Aber wenn er anders wäre, wär's besser, nein?«

Die Mutter setzte sich auf die Bettkante. »Ich habe ja dich, mein Junge.«

»Freilich«, sagte er. Dann schwiegen beide. Sie dachte schon, er schlafe und stand behutsam auf. Da fasste er ihre Hand. »Du hast dich doch ganz bestimmt über den Zwirn gefreut? Und über die Nadeln und die Druckknöpfe?«

»Ganz bestimmt.«

»Ehrenwort?«

Das Knabenkloster

Es war ein Gymnasium, dessen Schüler interniert waren. Dass die Schule vor der Stadt mitten unter den Kasernen lag, war kein Zufall. Die kleinen ängstlichen Jungen wurden hier mit Hilfe von Kommandos ihrer harmlosen und träumerischen Kindlichkeit beraubt. Man machte sie zu verfrühten kleinen Männern ohne Kindheitserinnerung. Mit lächerlichem Ernst und mit grausamen Scherzen amputierte man ihre Naivität und ihren Übermut. Und was übrig blieb, waren Staatsbürger in Kniehöschen. Die Exekutive lag in den brutalen Händen der älteren Schüler. Mit wollüstiger Unerbittlichkeit verfolgten sie jeden Griff und jeden Missgriff der jüngeren, die den Garten säubern, den Staub wischen, den Tisch decken, die Kirche besuchen und auf die Minute einschlafen mussten. Einem jener stillen Kinder wurde das zum Verhängnis. Rolf hieß er und war blond wie ein blasses Mädchen. Wenn die Umgebung seinem Wesen hätte entsprechen wollen, so wäre er auf den Knien der Mutter gesessen und hätte ihrer Stimme zugehört, die Märchen erzählte. Aber die Mutter lag krank drüben in der Altstadt. Und Rolf stahl sich manchmal am Abend aus dem Tor der Schule und rannte durch die Straßen und über die Plätze, bis er bleich am Bett der Mutter stand und sich mühte, den zuckenden Atem leis zu machen. Sie ahnte nicht, wie man ihn strafen würde, wenn er zurückkehrte. Nachts lag er dann schlaflos auf der eisernen Bettstatt. – Eines Tages war die Mutter kränker als sonst. Der Knabe wollte sie nicht verlassen.

Und als er doch endlich davonrannte, war ihm, als ob er und als ob sie daran stürben. Ein Primaner fing ihn am Tor ab, schlug ihn und verbot ihm, am nächsten Sonntag das Schulgebäude zu verlassen. – In derselben Nacht noch gellte im Schlafsaal ein grässlicher Schrei. Rolf, der kleine blasse Knabe, hockte irr auf dem Bett des Primaners. Die zarten weißen Finger des Kindes hatten den andern erdrosselt.

Das Fräulein am Reck

Etliche Tage vor Fastnacht erklärte Stefan Bosch, er habe eine Idee. Man müsse einen von der Bande, sagte er, als Mädchen verkleiden, sonst mache ihm der vom Rektor angeordnete Fastnachtsrummel absolut keinen Spaß. Er schlage Görgchen vor. – Die Tertia fand den Antrag passabel. Nur Görgchen, genauer Georg Fabian, war dagegen, feuerte Reums französische Grammatik (Band II, Syntax und unregelmäßige Verben) auf Bosch ab und traf. Doch dann kam Professor Koch ins Klassenzimmer und gab die lateinischen Arbeiten zurück.

Professor Kochs Humor bestand ausschließlich im Zittern seiner schwarzgewichsten Schnurrbartspitzen. Die Schüler lasen ihm am Schnurrbart ab, ob er einen Witz gemacht zu haben glaubte, und wurden, wenn es der Fall war, todernst. Leo Kulp hatte einmal, für kurze Zeit, das »Lachen reihenweise« eingeführt. Seitdem besuchte er in der Neustadt eine Privatschule …

Das Extemporale war, nach Professor Kochs glaubwürdiger Ansicht, hundsmiserabel ausgefallen. Seine Schnurrbartspitzen zitterten wie Kompassnadeln, während er die Resultate bekanntgab. Görgchen hatte wieder die Vier, diesmal allerdings, wie der Lehrer anerkennend betonte, eine »gute« Vier. Boschs Arbeit gab er gar unzensiert zurück, da es unmöglich sei, dieses Elaborat, vor Einführung der Fünfzehn als rechtskräftige Zensur, zu beurteilen. Stratil hatte, als Primus, die Drei. – Professor Koch hielt anschließend eine kleine Ansprache, in der er versicherte, er werde in der nächsten Lehrerkonferenz dafür plädieren, dass Bosch, Lawerenz und Steinhövel wieder ins Internat zögen. Das Leben daheim, im fidelen Schoße der Familie, störe ihren Bildungsgang aufs empfindlichste.

In der folgenden Pause herrschte im Klassenzimmer der Tertia Ruhe. Erst nach der Deutschstunde brachte Bosch seinen Antrag erneut ein. Man stimmte ab, und Stratil verkündete: Neunundzwanzigmal ja, einmal nein – Görgchen müsse als Mädchen gehen. Stefan Bosch versprach, die Kleider, und was sonst nötig sei, zu beschaffen. Er habe da eine Cousine …

Boschs Cousine Ursula tat ihr Möglichstes. Sie wurde von ihren Eltern streng behütet und sättigte ihre bescheidene Abenteuerlust an Stefans Beichten. Sie gab ihm regelmäßig die Hälfte ihres Taschengeldes, und er erzählte ihr dafür regelmäßig das Doppelte von dem, was er erlebte. Sie war die stille Teilhaberin seiner Phantasie. Der Plan, Görgchen Fabian zu verkleiden, gefiel ihr eminent, und sie stellte die Ausrüstung mit rückhaltloser Offenheit zusammen. Die Perücke, eine Gretchenperücke, aus echtem Haar und mit prachtvollen Zöpfen, lieh man beim Theaterfriseur Mittelmann.

Am Fastnachtsdienstag, gegen Abend, steckten dreißig Tertianer im abgeriegelten Schrankzimmer 6. Görgchen wurde eingekleidet. Er genierte sich grässlich, und die anderen lachten. Alles musste er anziehen, sosehr er sich sträubte: eine Hemdhose in Rosa, Florstrümpfe, Brokatschuhe, Ursulas blaues Etagenkleid mit langen Ärmeln (aus Rücksicht auf seine Armmuskulatur), zum Schluss die Perücke – und dann war es vorerst mit dem Gelächter vorbei! Der

Junge sah wahrhaftig wie ein hübsches, fremdes Mädchen aus. Als er sich in seinem zerbrochenen Schrankspiegel betrachtete, schüttelte er den Kopf, dass die blonden Zöpfe flogen. Und Bosch rief in einem fort: »Na, was habe ich gesagt?«

Als man Görgchen schließlich die Brust, etwas zu ausführlich, wattiert und ihm die vergessenen Strumpfhalter unter größter Mühe angelegt hatte, zog man in Marschkolonne nach dem Speisesaal, wo für die Internen und die zum Fest gemeldeten Extraner die Tische gedeckt waren. Bosch stellte beim Präfekten und andern beamteten Primanern Görgchen als »eine Cousine von mir« vor und fragte, ob sie mitessen dürfe.

Görgchen Fabian erhielt einen Platz neben dem Präfekten, dem Primaner Etzdorf, der ihn normalerweise nicht ausstehen konnte, jetzt aber von der ausgesuchtesten Liebenswürdigkeit war. Kandidat Hofmann, der Hauslehrer, betrat den Saal, inspizierte knurrig die Tische, ließ sich »Boschs Cousine« vorstellen und machte ihr, als einem »deutschen Langhaar«, wie er sagte, Komplimente. Görgchen versuchte glockenhell zu lachen. Etzdorf rühmte laut den Appetit seiner Tischdame und verwarnte Stratil, der herausplatzte.

Die Schüler kostümierten sich, nach dem Abendbrot, rasch, setzten sich Strohhüte und Reisemützen auf, bemalten sich die Brust mit Herzen und Ankern, fuhren in Pyjamas, rußten sich Schnurrbärtchen unter die Nase und zogen nach der Turnhalle.

Pawliczek, der Hausmeister, hatte Girlanden aufgehängt. Das Schulorchester spielte Tanzmusik. Konfetti und Papierschlangen verwandelten den Parkettboden in eine Wiese und die Leitern und

Balken in bunte Bäume. Als einige Lehrer mit ihren Frauen und Töchtern anrückten, war man schon vergnügt.

Bosch stellte seine Cousine – nicht ganz frei von Atembeklemmung – dem Rektor vor. Rektor Johst trug ein rotes Türkenfes und erklärte charmant, der Tertianer Bosch habe wenigstens einen Vorzug, und das sei seine Cousine. Die Frau Rektor zog Görgchen ins Gespräch: welches Lyzeum er besuche; ob er Fräulein Studienrat Hartwig kenne, wie viel seiner Klassenkameradinnen außer ihm noch lange Zöpfe trügen; ob er seine Kleider selber schneidere, und andres mehr. Er stand mit rotem Schädel da und blickte wütend in die Gesichter der herumlungernden Tertia.

Späterhin musste er sehr viel tanzen. Kandidat Hofmann war unermüdlich. Er brachte Pralinen und drückte ihn, beim Walzer, ans Herz. Alfons Krummbiegel, der alte Zeichenlehrer, wurde wieder jung und bat um die Ehre, das gnädige Fräulein portraitieren zu dürfen. Dr. Körner, der Mathematiker, erklärte den Damen der Kollegen, so ein hübsches Mädchen wie Boschs Cousine gäbe es im Umkreise von fünfzig Kilometern überhaupt nicht wieder. Die Damen lächelten höflich …

Dann holte Kandidat Hofmann aus seiner Hauslehrerwohnung eine Flasche Sherry, bat das Fräulein an einen Tisch und bewirtete den angebeteten Gast nach besten Kräften. Leider fragte Görgchen, ob er immer so hässliche Krawatten trüge.

Es wurde immer lustiger. Sekundaner Erlwein zeigte am Hochreck einige Kürübungen, deren elegante Kühnheit Beifall hervorrief. Plötzlich sprang Boschs Cousine auf und drängte nach der Reckstange hinüber. Stratil, der sich rettend dazwischenwarf, erhielt einen durchaus unweiblich geführten Rippenstoß. Und eine Minute später sah die erstaunte Festversammlung, dass die junge Dame am Hochreck turnte. Sie begann mit der Rückstemme, fügte eine dreifache Bauchwelle vorwärts an, kippte aus gestrecktem Schwung, schwang sich, mit fliegendem Kleid, in eine Riesenwelle hinein, verharrte einen Augenblick im Handstand, ging aus dem Tiefschwung in eine Sitzkippe über, machte eine Sitzwelle – freihändig! – und kam, hoch im Bogen durch die Luft sausend, direkt vor Rektor Johst zu stehen, der zusammenzuckte, als schlage eine Granate neben ihm ein.

Frau Dr. Körner entging knapp einer Ohnmacht. Die andern waren begeistert, schrien, klatschten, trampelten, und die Tertia trug ihre Heldin auf den Schultern durch die Menge. Dann stieg Rektor Johst auf einen Stuhl und hielt eine wundervolle Rede. Er sprach preisend von den deutschen Mädchen, wies auf den gesunden Geist im gesunden Körper hin, besang den Turnvater Jahn und die Freiheitskriege, rief den Sport dezent als die beste Vorbereitung auf die Mutterschaft an, verweilte gutmütig warnend bei der Bevölkerungsstatistik des Deutschen Reiches und brachte, vom Schulorchester unterstützt, ein dreifaches Hoch auf Boschs Cousine aus.

Görgchen wurde es ungemütlich. Er zwinkerte Bosch zu und drückte sich aus der Halle. Kandidat Hofmann eilte, klopfenden Herzens, hinterher. Später ging auch Bosch. Getrennt, wie sie gegangen waren, kehrten sie wieder zurück; es schien, verstimmt. Um Mitternacht hob Rektor Johst das Fest auf. Die Herren verabschiedeten sich herzlich, mit Handkuss und frommen Wünschen. Die Damen nickten nur.

Tags darauf bat Kandidat Hofmann um die Einberufung einer Lehrerkonferenz. Als man vollzählig versammelt war, beteuerte er, die Sache sei ihm sehr peinlich, aber er müsse denn doch die Erinnerung an den gestrigen Tag durch einen Misston stören und beantragen, dass die Lehrerschaft dem Tertianer Stefan Bosch das Consilium abeundi erteile. Er sei gestern Abend dazugekommen, wie Bosch sich mit seiner Cousine, diesem turnerisch begabten Mädchen, ins Schrankzimmer 6 eingeriegelt habe.

Der Rektor fiel der Verzweiflung anheim und schlug vor, Bosch zu zitieren. Da griff Dr. Walpurg, der Deutschlehrer, ein. Eben habe die Tertia über die gestrige Feier einen Klassenaufsatz geschrieben. Und da sei ihm aufgefallen, dass Georg Fabian gefragt habe, ob man alles, was passiert sei, schreiben dürfe. Er, Walpurg, habe die Frage natürlich bejaht – er vertrete das Prinzip der Schreibfreiheit, doch das wüssten die Kollegen ja – und, für alle Fälle, Straferlass zugesichert.

Der Rektor bat, Fabians Aufsatz, soweit er aufschlussreich sein könne, vorzulesen. Dr. Walpurg suchte Fabians Heft aus dem Stoß und las aus Görgchens Aufsatz einige Proben vor.

»Dass ich mich«, schrieb der Junge, »als Mädchen verkleiden musste, daran waren Bosch und die Klasse schuld. Bloß ich war dagegen. Ich fand es scheußlich, als Mädchen angezogen zu sein. Ich kann Mädchen überhaupt noch nicht leiden. Das Kleid und das Unterzeug gehörte Boschs Cousine. Die Perücke haben wir bei Friseur Mittelmann geborgt. Das soll auch noch fünf Mark kosten. Aber ich denke gar nicht dran …

Im Speisesaal ging's schon los. Etzdorf fragte, wie mir's schmeckte, und Kandidat Hofmann erkannte mich auch nicht. Er tanzte furchtbar viel mit mir und zwar so eng, dass ich kaum Luft kriegte, und brachte Pralinen angeschleppt. Die haben wir dann nachts im Schlafsaal verfuttert. Es war so komisch …

Als der Rektor mit mir sprach, wurde mir flau, und ich ärgerte mich über die ganze Klasse, die sich amüsierte …

Warum ich plötzlich ans Reck rannte, weiß ich nicht. Wahrscheinlich wollte ich für mich allein sein. Die Riesenwelle klappte nicht besonders. Und bei der Sitzkippe riss das Strumpfleibchen von Boschs Cousine. Und die Strümpfe rutschten. Und ich zwinkerte Bosch zu, er solle mal mit rauskommen. Draußen kam aber erst Kandidat Hofmann und lud mich für Freitag zum Fünfuhrtee ins Exzelsiorcafé ein. Dann hakte er sich bei mir ein, und ich war heilfroh, dass Bosch kam. Wir rannten schleunigst in mein Schrankzimmer. Dort haben wir die Strumpfhalter seiner Cousine repariert. Die Strümpfe selber waren ebenfalls entzwei …

Kein Mensch hat mich erkannt. Nicht am Reden und nicht am Turnen und überhaupt nicht. Und dabei wäre ich froh gewesen, wenn man mich erkannt hätte! Erstens hätte dann der Rektor die Rede nicht zu halten brauchen, und zweitens ärgert es mich, dass man mich für ein Mädchen halten kann, bloß weil ich lange Haare und ein Kleid anhatte. – Ich bin kein Schauspieler und auf so was nicht stolz. Ich will ein Sportsmann werden. Am liebsten Käpten bei einer Eishockeymannschaft. Das ist ein sehr schneller und spannender Beruf …

Hoffentlich nimmt man mir nichts übel. Eigentlich sollte es ja nur ein Spaß sein. Aber es wurde wie beim Kopfsprung, wenn man aus Versehen mit dem Bauch aufs Wasser schlägt …«

Aus dem Consilium abeundi wurde selbstverständlich nichts. Der Rektor dachte rückblickend an seine Rede auf die deutschen Mädchen und zog es vor, das Signal zum Lachen zu geben. Nur Herr Kandidat Hofmann hatte mehrere Wochen nichts zu lachen.

Zwei kleine Männer comme il faut

Zwei kleine wohlerzogene Knaben
begegnen sich am Bahnhof Zoo.
Und da sie feine Eltern haben,
begrüßen sie sich comme il faut.
Sie wirken in den langen Hosen
und in den Mützen mit den großen
bewegten Bändern wie Matrosen.
Doch statt der Segel und der Masten
hält Kurt den Violinenkasten.
Der Fritz dagegen trägt nicht schwer
an einem kleinen Luftgewehr. –
Da es schon spät ist, und die Knaben
es scheinbar beide eilig haben,
sieht man sie schnell – es lässt sich denken –
ein wenig ihre Mützen schwenken.
»Wie geht es deinen Eltern?«, fragt
der kleine Kurt. »Ich danke«, sagt
der kleine Fritz, »den deinen auch?«
(Sie wissen, dass das so der Brauch!)
»Leb wohl«, sagt Kurt, »ich muss jetzt gehen.«
Und ist empört. Denn Fritz bleibt stehen. –
»Lernst du auch Geigespielen?«, fragt
Kurt höflich. »Nein, ich danke«, sagt

der kleine Fritz, »ich lerne Flügel.«
Und zupft an seinem Flintenbügel
und sagt: »Leb wohl, ich muss jetzt gehen.«
Und ist empört. Denn Kurt bleibt stehen.
»Kannst du mit Luftgewehren schießen?«,
fragt Fritzchen höflich und verstohlen.
»Ich schieße – danke – nicht mit diesen«,
sagt Kurt, »ich schieße mit Pistolen. –
Leb wohl! Empfiehl mich deinen Lieben!
Ich muss noch Violine üben.«
Fritz sagt: »Ich danke. Du mich auch.«
Dann schütteln sie sich rasch die Hände.
Bei Kavalieren ist das Brauch. –
Die Unterhaltung ist zu Ende.
Sie grüßen nochmals und benützen
dazu die blauen Tellermützen. –
Und schon will Kurt mit seinem Kasten
geschäftig um die Ecke hasten,
da eilt der Fritz ihm hinterher
und schwingt sein kleines Luftgewehr:
»Pardon, und grüße deine Schwester!
Ich hoffte, mit ihr jedenfalls
anlässlich unseres Kinderballs

zu tanzen. Vielen Dank, mein Bester.«
Sie grüßen sich. Und Fritz eilt sehr
geschäftig fort. Kurt hinterher:
»Es ist mir wirklich äußerst peinlich,
dass ich dich störe! Doch wahrscheinlich
kommt Gerda nicht zum Kinderfest,
weil sie gerad' Geburtstag hat,
der sich nicht gut verschieben lässt. –
Trefft ihr euch morgen in der Stadt?«
»Vielleicht«, sagt Fritz, »doch nur ein Stündchen.
Auch schenk ich ihr ein Pinscherhündchen.«
Nun grüßen sich die beiden Knaben
und trennen sich am Bahnhof Zoo.
Und da sie feine Eltern haben,
begrüßen sie sich comme il faut.
Sie trennen sich beschwingten Fußes
und freu'n sich des korrekten Grußes.
Und ganz zum Schlusse des Gedichts
sieht man sie lächeln. Weiter nichts. –

Kindernovelle

Carl Maria und Franz Josef, die achtjährigen Zwillinge des Tanzlehrers Großhennig, klappten das Bilderbuch zu. Carl Maria seufzte: »Die Leute haben keinen Dunst von kindlicher Apperzeption.« – »Schade um die zwei Mark fünfzig!«, sagte Franz Josef. »Okasa Silber wär mir lieber gewesen.« Nun traten beide Knaben vor den Spiegel, bürsteten ihre Poposcheitel aufs sorgfältigste, tropften etwas Cocoty in die Taschentücher und fragten wie aus einem Munde: »Que faire?« Dann stiegen sie eine Treppe höher, klingelten beim Geheimen Justizrat Dr. Rolf Bombe, umgingen das öffnende Dienstmädchen und schritten flott in den Salon.

»Grüß Gott, bester Geheimrat!«, rief Carl Maria und schüttelte dem ehrwürdigen alten Herrn, der, zum Ausgehen fertig, seine Gattin erwartete, die Hand. »Wohin so spät?«, erkundigte sich Franz Josef und purzelbäumte ein wenig. Herr Bombe sagte streng: »Wir haben aber gar keine Zeit für euch. Wir wollen zur Eröffnung der Pilsator-Bühne.« – »Die Juden müssen auch bei jedem Dreck dabei sein«, flüsterte Carl Maria seinem Bruder ins Ohr. Bei diesen Worten rauschte die Geheimrätin ins Zimmer und schlug die Hände über dem Kopfe zusammen. »Küss die Hand!«, wurde sie von Franz Josef begrüßt. »Gut schaust du aus, gnädige Frau!« Carl Maria musterte sie und fragte: »Ist das Rouge von Houbigant?« – »Steckt eure Nasen lieber in die Schiefertafel!«, knurrte Herr Bombe und fuhr in den Zylinder. »Meckere nicht! Du könntest auch wissen, dass die moderne Pädagogik jeden schulischen Zwang strikte verwirft«, belehrte ihn Franz Josef nachsichtig, »aber jetzt wollen wir mal bisschen spielen!« Frau Bombe griff in ihren Pompadour und hielt eine Tüte Bonbons hin.

Die Knaben dankten verbindlich. Der ältere Zwilling schob einen Stuhl an die Kredenz und holte den Rumverschnitt nebst Gläsern herunter. Er schenkte ein und kommandierte. »Ad Exercitium Salamandri!« Der Geheimrat zog den Havelock aus und machte mit. Dann wurde gespielt. Im Nu war Frau Bombe der Schwarze Peter! Carl Maria verschmierte ihr Gesicht mit seinem Augenbrauenstift, und Herr Bombe freute sich diebisch. Bei der nächsten Runde kam er selber dran. Später spielte man Schinkenkloppen. Sehr bald musste sich der Geheimrat bücken. Franz Josef schlug, genießerhaft, die Gehrockschöße des Greises auseinander, und der zweite Zwilling zog ihm eins über, dass der Kronleuchter klirrte … Weil der also Betroffene verkehrt – auf seine Frau – riet, wurde der Gehrock erneut entfaltet. Jetzt nahmen die Jungens das Lineal.

Frau Bombe unterbrach das fröhliche Spiel mit den Worten: »Rölfchen, wir werden auch noch den zweiten Akt verpassen!« Rölfchen Bombe stürzte sich in den Mantel und trieb die Knaben zu Paaren. Im Korridor brannten sich die Zwillinge Zigaretten an. Carl Maria tat einige kräftige Züge auf Lunge und klagte, während er seine Fingerspitzen betrachtete: »Das viele Rauchen bringt mich noch ins Grab! Ich kann und kann es mir nicht abgewöhnen! Vor zwei Jahren hatte ich da mal eine Sache! Wir traten damals in die Volksschule ein. Unsere Kommilitonen – Proletarierkinder, aber gute Kerle! Wir hatten einen Ranzen voll Kognakbohnen mit, und innerhalb einer Stunde war die ganze Bande blau! Dazu rauchten wir hundert Stück Zigarillos … Ich kann euch sagen …«

Hier verabschiedeten sich Bombes. Die Knaben begaben sich in die elterliche Wohnung zurück, und während sie ihren Milchgrieß löffelten, las Franz Josef dem Bruder das sechste Kapitel des Buchs *Die vollkommene Ehe* vor.

Fauler Zauber

Der Zauberkünstler Mamelock
hebt seinen goldnen Zauberstock.
»Ich brauche«, spricht er dumpf, »zwei Knaben,
die ziemlich viel Courage haben.«

Da steigen aus dem Publikum
schnell Fritz und Franz aufs Podium.
Er hüllt sie in ein schwarzes Tuch
und liest aus seinem Zauberbuch.
Er schwingt den Stock ein paar Sekunden.
Er hebt das Tuch – sie sind verschwunden!

Des Publikums Verblüffung wächst.
Wo hat er sie nur hingehext?
Sie sind nicht fort, wie mancher denkt.
Er hat die beiden bloß – versenkt!

Fritz sagt zu Franz: »Siehst du die Leiter?«
Sie klettern abwärts und gehn weiter.
Der Zauberkünstler lässt sich Zeit,
nimmt dann sein Tuch und wirft es breit.
Er schwingt sein Zepter auf und nieder,

doch kommen Fritz und Franz nicht wieder!
Der Zaubrer fällt vor Schrecken um.
Ganz ähnlich geht's dem Publikum.

Nur Fritz und Franz sind voller Freude.
Sie schleichen sich aus dem Gebäude.
Und Mamelock sucht sie noch heute.

Das Schwein beim Friseur

Schon seit Wochen hingen dem kleinen Berthold die Haare über den Kragen, und seine Mutter überlegte sich, wie sie ihn zum Friseur kriegen könnte. Sie sagte, er sähe wie ein Mädchen aus, und lauter ähnlich kränkende Sachen. Aber Berthold, obwohl er sonst ziemlich brav war, schüttelte den Kopf und antwortete immer: »Wenn ich doch nicht mag!« Das machte: Ihm fehlte der Vater, denn der war früh gestorben. Und außerdem ließ sich der Junge lieber drei Backenzähne ziehen als einmal die Haare schneiden. Na ja, so war er eben.

Da kam der Mutter eine Idee. Sie versprach dem Jungen, sie wolle mit ihm zum »Friseur am Zoo« gehen. Damit war Berthold sofort einverstanden. Der »Friseur am Zoo« war nämlich etwas besonders Feines. Erst mussten sie durch den Herrensalon. Hier wurde mit Schlagsahne eingeseift und rasiert, und Berthold schimpfte innerlich, weil er noch keinen Bart hatte. Dann war ein Herr da, der ärgerte sich über seine abstehenden Ohren. Und da ließ er sich mit Brennscheren, mit denen man sonst die Haare umlegt, seine Ohren so lange biegen, bis sie ordentlich und glatt am Kopf anlagen. Einem alten Herrn, der eine große Glatze hatte, wurde Haarsamen auf die kahle Billardkugel gesät; dann kam ein Gehilfe mit einer Gießkanne, begoss den Kopf, und schon krochen die ersten Haarspitzen aus dem Schädel. Berthold lachte und fragte, ob auch noch Blumen herauswüchsen. Da wurde der Herr böse. Und die Mutter zog den Jungen schnell fort.

Im Kinderzimmer vom »Friseur am Zoo« war es noch viel großartiger. Vor jedem Spiegel stand ein Tier, ein lebendiges, versteht sich, und da stiegen die Kinder in den Sattel und klopften den Tieren auf den Rücken, fütterten sie, kraulten sie hinter den Ohren und merkten so kaum, dass ihnen inzwischen ein Friseurgehilfe das Haar schnitt. Es gab da ein Pony, einen Esel, ein Schwein, einen Hirsch, einen jungen Elefanten, einen Bernhardinerhund und ein zahmes Einhorn.

Als Berthold kam, waren schon mehrere Kinder da, und nur das Schwein lag noch auf dem Teppich und grunzte. Es war auf Kinder nicht gut zu sprechen, weil die überallhin lieber wollten als auf ein Schwein. Berthold wollte auch nicht darauf, und das Schwein dachte bei sich: Dafür werde ich dich ärgern!

Kurz und gut, das Schwein wurde gesattelt, und Berthold musste hinaufklettern. Als er oben saß, kam auch schon der Friseur mit einer Schere und einem Kamm und fing an, die Haare auf der linken Seite wegzuschneiden. Plötzlich trat das Schwein von einem Bein aufs andere und verlangte: »Streichle mich!« Aber der Junge schüttelte den Kopf. Dabei tat ihm die Schere des Friseurs weh. Er stieß versehentlich dem Schwein in die Flanken, und das begann sofort, wütend im Salon hin und her zu rennen. Der Friseur setzte sich hinter dem Jungen auf den Schweinerücken und versuchte, im Haarschneiden fortzufahren. Das Schwein lief wie angestochen umher und machte alle übrigen Tiere furchtbar nervös. Die schimpften sehr, und das Einhorn drehte sich um und kitzelte das Schwein mit dem Horn. Da quiekte das Schwein, rannte zur Tür hinaus, durch den Herrensalon, die Treppe hinunter und auf die Straße.

Könnt ihr euch vorstellen, wie das aussah? Ein Schwein mit einem Jungen auf dem Rücken, dem die linke Hälfte der Haare weggeschnitten war?

Er sah zum Schreien aus.

Die Straßenbahnen standen auf der Stelle still. Ein Autobus machte Männchen. Aber das Schwein rannte weiter. Schließlich fiel der Friseur hinunter und blieb zwischen den Straßenbahnschienen sitzen. Berthold begann das Galoppieren Spaß zu machen. Doch plötzlich sauste das Schwein in eine Villa, die Treppe hoch, einen Gang entlang und, weil eine Tür offen stand, in ein Zimmer hinein. Dort blieb es stehen.

In dem Zimmer war ein Bett. Und in dem Bett lag ein kleines Mädchen, das Bella hieß und sehr krank war. Es lag seit acht Tagen gleichgültig im Bett, mochte nichts essen und nichts reden, und Bellas Vater – die Mutter war tot – wusste, obwohl er selber Arzt war, absolut nicht, was der Kleinen fehlte.

Sie sah das Schwein im Zimmer stehen, einen Jungen obendrauf, dem man zur Hälfte die Haare geschnitten hatte und der aussah, wie Gänse aussehen, wenn's gedonnert hat, und da fing sie an zu lachen. Berthold lachte mit, und nun lachten die zwei Kinder, dass man es im ganzen Hause hörte! Verblüfft kam Bellas Vater aus dem Sprechzimmer gelaufen, sah seine Tochter vergnügt und mit roten Backen und erkannte sofort: Jetzt ist sie wieder gesund. Dann klingelte Bertholds Mutter an der Haustür und fragte aufgeregt, ob hier ein Schwein und ein kleiner Junge eingetroffen seien. Nun war die Freude groß. Und später wurde Bertholds Mutter sogar die Frau von Bellas Vater, zog mit ihrem Jungen in die Villa, und Bella und

Berthold wurden Geschwister, die einander sehr lieb hatten. Das Schwein kauften sie dem »Friseur am Zoo« ab, und es blieb bei ihnen, hatte es gut und wurde niemals geschlachtet.

Ob es wahr ist, dass auf diese Weise die Redensart entstanden ist: Na, die haben aber Schwein gehabt?

Brief an meinen Sohn

Ich möchte endlich einen Jungen haben,
so klug und stark, wie Kinder heute sind.
Nur etwas fehlt mir noch zu diesem Knaben.
Mir fehlt nur noch die Mutter zu dem Kind.

Nicht jedes Fräulein kommt dafür in Frage.
Seit vielen langen Jahren such ich schon.
Das Glück ist seltner als die Feiertage.
Und deine Mutter weiß noch nichts von uns,
mein Sohn.

Doch eines schönen Tages wird's dich geben.
Ich freue mich schon heute sehr darauf.
Dann lernst du laufen, und dann lernst du leben,
und was daraus entsteht, heißt Lebenslauf.

Zu Anfang schreist du bloß und machst Gebärden,
bis du zu andern Taten übergehst,
bis du und deine Augen größer werden
und bis du das, was man verstehen muss, verstehst.

Wer zu verstehn beginnt, versteht nichts mehr.
Er starrt entgeistert auf das Welttheater.

Zu Anfang braucht ein Kind die Mutter sehr.
Doch wenn du größer wirst, brauchst du den Vater.

Ich will mit dir durch Kohlengruben gehn.
Ich will dir Parks mit Marmorvillen zeigen.
Du wirst mich anschaun und es nicht verstehn.
Ich werde dich belehren, Kind, und schweigen.

Ich will mit dir nach Vaux und Ypern reisen
und auf das Meer von weißen Kreuzen blicken.
Ich werde still sein und dir nichts beweisen.
Doch wenn du weinen wirst, mein Kind,
dann will ich nicken.

Ich will nicht reden, wie die Dinge liegen.
Ich will dir zeigen, wie die Sache steht.
Denn die Vernunft muss ganz von selber siegen.
Ich will dein Vater sein und kein Prophet.

Wenn du trotzdem ein Mensch wirst wie die meisten,
all dem, was ich dich schauen ließ, zum Hohn,
ein Kerl wie alle, über einen Leisten,
dann wirst du nie, was du sein sollst: mein Sohn!

Anmerkung: Da der Autor, nach dem Erscheinen des Gedichts in einer Zeitschrift, Briefe von Frauen und Mädchen erhielt, erklärt er, vorsichtig geworden, hiermit: Schriftliche Angebote dieser Art werden nicht berücksichtigt.

Ein kleiner Junge unterwegs

Bahnsteig 8 hatte sich geleert. Der Stationsvorsteher musterte, gewohnheitsgemäß, die Waggons und blieb überrascht bei der Lokomotive stehen. Die Lokomotive war nicht allein. Ein kleiner Junge marschierte langsam an ihr entlang, drehte sich um, marschierte ebenso langsam zurück, stellte sich dann mit durchgedrückten Knien vor dem Beamten auf und sagte: »Ich messe.«

»Kannst du denn schon zählen?«

»Na längst. Wer sie malen will, braucht hundert Meter Papier.«

»Aber man kann doch die Lokomotive auch kleiner zeichnen.«

Der kleine Junge schüttelte den Kopf, sah sich um und fragte: »Wohnst du hier? Nein? Bei uns in Breitenbach wohnt er im Bahnhof. Und zwölf blaue Kaninchen hat er! Hast du auch zwölf?«

»Nein«, sagte der Stationsvorsteher, »aber wo willst du eigentlich hin?«

»Meine Mutter besuchen. Es weiß keiner. Vater denkt, ich bin in der Schule. Bitte, gib mir mal deine Mütze! Ich hab gern welche auf, die mir viel zu groß sind.« Der kleine Junge blickte dem Mann ins Gesicht. Weil darin von einem Mützentausch nicht das mindeste zu lesen war, ließ er das Thema fallen, schob seine Hand zwischen die Finger des anderen, zog ihn durch die Sperre und die Treppen hinab und zum Portal des Bahnhofs hinaus. Hier besann sich der Stationsvorsteher auf seinen Dienst, blieb stehen und fragte: »Warum holt dich deine Mutter nicht ab?«

»Sie ist krank und wohnt bei einem Doktor.«

»Was fehlt ihr denn?«

»Ein Gewächs hat sie. Das hat er abgeschnitten. Ob er's mir zeigt? Was denkst du?« Der Stationsvorsteher zuckte die Achseln. Er schien dergleichen nicht zu wissen. Der kleine Junge holte einen Zettel aus der Tasche, hielt ihn in die Höhe und sagte: »Du darfst es lesen. Gürtlers, das sind wir.« Der Mann las:

Geehrter Herr Gürtler!

Es wurde die höchste Zeit, dass die Operation bei Ihrer Frau vorgenommen wurde. Sie befindet sich, den Umständen angemessen, wohl und wird, wenn keine Komplikationen eintreten, in 14 Tagen nach Breitenbach zurückkehren können. Ich darf Sie bitten, umgehend die Kosten der Operation, die 250 DM betragen, begleichen zu wollen. Mit diesem Preis hoffe ich, Ihren Einkommensverhältnissen weitgehend entgegengekommen zu sein.

Mit vorzüglicher Hochachtung
Ihr ergebener
Dr. Brausewetter, Pasewalker Allee 18 a

Der Stationsvorsteher faltete den Brief zusammen und wollte ihn zurückgeben. Aber der kleine Junge war nicht da. Er stand bei einer Blumenfrau und hielt ein buntes Paket Geld in der Hand. »Das ist für das Gewächs«, sagte er zu der erstaunten Frau. »Meine Mutter hat eins, und da will ich ihr einen Strauß hinbringen. Oh, da sind Soldatenblumen! Als wir noch unsern Garten hatten, standen welche drin. Ich möchte ein Sträußchen Soldatenblumen.«

Die Frau wickelte den Strauß ein, gab ihm Geld zurück und nieste.

»Prost!«, rief der kleine Junge, »prost, meine Dame!« Er sah zum Himmel hinauf, drehte sich der Sonne zu, verzog das Gesicht und nieste ebenfalls. »Ich niese nur, wenn ich in die Sonne gucke«, erklärte er freundlich. »Dann aber immer.«

Der Stationsvorsteher trat hinzu und sagte: »Komm, jetzt setz ich dich auf die Straßenbahn.« Der kleine Junge nickte und fragte: »Hast du auch kleine Kinder?«

»Freilich! Genau so einen kleinen Jungen.«

»Genau so einen? Wie heißt er denn?«

»Arno.«

»Arno? Grünwalds Arno heißt auch so. Ich heiße Fritz, Rudi auch noch. Aber nur selten. Da kommt die Straßenbahn.«

»Das ist nicht die richtige.«

»Die fährt nicht zu meiner Mutter?«

»Nein, wir müssen auf die andere Seite.« Der Stationsvorsteher ging mit Fritz über die Straße. Und dann kam auch die richtige Straßenbahn. Er hob den Jungen hinauf und sagte zum Schaffner: »Das ist der Fritz aus Breitenbach. Er will in die Klinik von Dr. Brausewetter in die Pasewalker Allee. Dort liegt seine Mama.«

»Mutter«, korrigierte der kleine Junge.

»Wird besorgt«, meinte der Schaffner und nahm ihn bei der Hand.

 »Pass gut auf dein Geld auf«, mahnte der Stationsvorsteher, »und grüß deine Mutter schön, und gute Besserung!« Fritz beugte sich vor, nahm die Mütze höflich ab und rief, während die Bahn losfuhr: »Vielen Dank noch! Und grüß deinen Arno von mir!«

Die Fahrt war lang. Der kleine Junge putzte sich erst einmal die Nase. Er tat es so gründlich, dass alle Fahrgäste die Prozedur interessiert verfolgten. Dann zählte er sein Geld. Er legte Schein für Schein auf sein linkes Knie und fragte, als er damit fertig war, seinen Nachbarn, einen jungen Mann, der angelegentlich zusah:

»Wie viel ist das?«

»Zweihundertfünfundvierzig Mark.«

»Hast du dich nicht verrechnet?«

»Nein.«

»Die kriegt der Doktor. So viel Geld, was? Mein Vater war gestern Abend gleich bei allen Bekannten und hat es geborgt. Börner hat nichts gegeben. Börner ist geizig.« Fritz stand auf, steckte das Geld tief in die Hosentasche, behielt die Hand drin und erläuterte: »Da müsst ihr mächtig aufpassen. Manchmal hat man ein Loch in der Tasche und weiß es nicht, und hups! ist das Geld weg. Ach ja!« Er seufzte und ging im Wagen spazieren. Eine dicke Dame hielt ihm ein Stück Schokolade entgegen. Er schüttelte den Kopf und sagte: »Nein, danke. Da kriegt der Anzug Flecke. Und wenn meine Mutter das sieht, ärgert sie sich. Seh ich überhaupt ordentlich aus?« Er drehte sich ein paarmal um sich selbst. Die Leute nickten und lachten. Der Schaffner rief von draußen herein: »Fritz, setz dich anständig hin!« Der kleine Junge kletterte also wieder auf seinen Sitz, gab dem jungen Mann den Blumenstrauß zum Halten, schaute zum Fenster hinaus und meinte nach einer Weile: »So ein Rummel bei euch!«

»Wie wahr doch so ein Kindermund spricht!«, bemerkte eine nervös zwinkernde Frau. »Immer steht man mit einem Bein im Grabe.«

Fritz musterte eingehend die Füße der Frau und wandte sich schließlich, durchaus enttäuscht, wieder der Straße zu. »Breitenbach ist viel kleiner«, erzählte er zum Fenster hinaus. »Tausendmal kleiner.« Er zog den jungen Mann, der die Blumen hielt, am Ohr und sagte: »Du musst mich mal besuchen. Da machen wir Spaß. Vielleicht ist in Liebenwerda gerade Jahrmarkt. Du lachst dich schief! Und dann essen wir bei uns zu Mittag. Was isst du denn am liebsten?«

»Hammelfleisch mit grünen Bohnen«, sagte der junge Mann und wurde rot.

»Ich, Makkaroni mit Schinken. Aber das macht nichts. Meine Mutter kocht …« Der kleine Junge schwieg und baumelte mit den Füßen.

»Nein, wie süß er erzählt!«, rief die dicke Dame mit der Schokolade. »Unterhalte uns doch weiter, Fritzchen.« Der kleine Junge schien es nicht zu hören. Er nahm dem jungen Mann den Strauß aus der Hand und senkte den Kopf über die Blumen, obwohl er genau wusste, dass Soldatenblumen nicht duften.

»Pasewalker Allee!«, rief der Schaffner und klingelte. »Fritz, aussteigen!«

Der kleine Junge rutschte vom Sitz, machte eine Verbeugung und sagte: »Gute Besserung!« Da lachten sie alle, und die dicke Schokoladendame patschte sich vor Wonne auf die Knie. Der Schaffner hob den Jungen aus dem Wagen und zeigte ihm das Haus des Doktor Brausewetter. Dann fuhr die Straßenbahn weiter. »Gute Besserung!«, nickte die nervös zwinkernde Frau. »Wie wahr doch so ein Kindermund spricht!«

»Seine Mutter liegt da drüben in der Klinik«, sagte der Schaffner und zeigte mit dem Daumen über den Rücken.

Der kleine Junge klingelte, strich sich die Schuhe sauber und holte das Geld aus der Tasche. Als die Tür geöffnet wurde, hielt er das Bündel weit von sich und sagte: »Hier bring ich das Geld für Frau Gürtler. Ich sollte es eigentlich in Breitenbach zur Post bringen, aber …«

»Komm nur herein«, sagte ein Fräulein und nahm ihn bei der Hand. Sie gingen auf weichen Läufern und traten in ein helles, stilles Zimmer.

»Es stimmt nicht ganz«, erklärte der kleine Junge, »ich hab die Fahrt davon bezahlt und die Blumen auch. Und hier ist der Zettel.« Er legte das Geld und den Brief auf den Tisch. Das Fräulein zählte, schrieb etwas und gab ihm den Brief wieder. »Es stimmt schon, kleiner Gürtler. Heb den Zettel gut auf!«

Er steckte ihn in die Tasche und fragte: »Wer bist du denn?«

»Ich bin die Schwester.«

»Die Schwester vom Doktor?«

»Nein. Von den Kranken.«

»Auch von meiner Mutter?«

»Freilich!«

»Da bist du ja eine Tante von mir.«

»Gewiss, das bin ich.«

»Und ich hab nichts davon gewusst«, sagte der kleine Junge, trat näher, betrachtete das Fräulein genau und schien sich zu freuen.

Dann wickelte er die Blumen aus dem Papier und zählte: »Sieben – acht –. Acht Soldatenblumen hab ich gekauft.« Die Schwester strich ihm den Kragen glatt und fragte: »Willst du deine Mama sehen?« Der kleine Junge nickte.

Sie gingen den Korridor entlang und durch eine Tür, auf der eine Fünf stand.

Er blieb im Zimmer stehen und hielt den Strauß auf dem Rücken. Zwei Betten sah er, und in jedem lag eine Frau. Sie schliefen und hatten gelbe, schmale Gesichter. Langsam blickte der kleine Junge von einer zur andern. Dann drehte er sich zur Schwester und zeigte auf das Bett, das am Fenster stand. Sie nickte.

Er hob sich auf die Zehenspitzen, ging vorsichtig hinüber, setzte sich auf die Stuhlkante und sah seiner schlafenden Mutter ins Gesicht. Die Augenhöhlen schimmerten schwarzbraun, als wäre es gar keine Haut. Die Schläfen lagen tief eingesunken, und viele violette Äderchen zogen sich über die blasse Stirn. Der Mund stand offen, der Atem ging schnell und mühsam; und obwohl die Augen geschlossen waren, meinte man ihren müden und ängstlichen Blick zu spüren.

Der kleine Junge lächelte hilflos zu dem schlafenden Gesicht hinüber, legte die Soldatenblumen behutsam auf die Bettdecke und fuhr streichelnd mit den Händen durch die Luft. Dann lief er, an der Schwester vorbei, schnell aus dem Zimmer. Sie folgte ihm.

»Erst hab ich sie gar nicht erkannt«, sagte er draußen flüsternd zu dem Fräulein. »Bleibt ihr Gesicht immer so?«

»Aber nein! In vierzehn Tagen sieht sie wieder wie früher aus. Und wenn du gut folgst, wird sie ganz gesund.«

»Ich hab ihr immer gefolgt. – Du musst ihr sagen, dass ich da war und kein bisschen geweint hätte. Und die Blumen hätte ich mitgebracht. Und der Vater lässt grüßen. Auf Wiedersehen!«

»Ich richte alles aus. Aber du bleibst jetzt noch hier, mein Kind. Erst hol ich dir Kaffee und Kuchen, und dann geb ich dir das Fahrgeld. Du kannst doch nicht nach Breitenbach laufen!«

»Ganz richtig gesund wird sie wieder, ja?«

»Bestimmt.«

»Wenn ich bei ihr bleiben könnte, bis sie gesund wird! Sie dürfte es nicht wissen. Und bloß, wenn sie schläft, gucke ich ins Zimmer. Es geht nicht. Ich weiß schon.«

Die Schwester brachte den kleinen Jungen ins Wartezimmer zurück, legte ihm ein paar Illustrierte zurecht und ging in die Küche. Als sie zurückkam, war die Tür verriegelt, und sie hörte den kleinen Jungen weinen. Es klang ganz leise und verzweifelt. Sie blieb unschlüssig stehen und bekam feuchte Augen. Da ging ein Herr im weißen Kittel vorbei und fragte: »Was ist denn hier los?«

»Der kleine Gürtler aus Breitenbach ist heimlich gekommen, Herr Doktor.«

»Hat er sie gesehen?«

»Ja, sie schlief.«

»Er soll noch hierbleiben. Die Frau hat ein verteufelt schwaches Herz. Vielleicht …« Der Arzt schwieg. Und beide hörten das unablässige leise Weinen.

Dann gab sich Doktor Brausewetter einen Ruck, nickte der Schwester zu und ging weiter.

Zwei Mütter und ein Kind

Gerade als die achtjährige Marlene im Hof des Merckschen Grundstücks ihre Puppe Oswald hoch auf die Teppichklopfstange gesetzt hatte, weil man modernen Puppen beizeiten das Schwindelgefühl abgewöhnen soll, denn es kann ja leicht sein, dass sie einmal im Flugzeug verreisen müssen, da erschien Pony, die kleine Schwester, auf der Bildfläche und sagte: »Du sollst sofort nach Hause kommen. Unsere neue Mutter ist da.«

Marlene nickte und schüttelte die Betten im Puppenwagen zurecht. Pony machte kehrt, stieg langsam über das holprige Pflaster zurück und verschwand im Torbogen.

Die Merckschen Kinder standen staunend neben Marlene.

Und einer der Jungen fragte: »Wie heißt sie denn?«

»Fräulein Stampfer, glaub ich«, gab sie zur Antwort.

»Das ist ja nun Unsinn«, meinte Herta Merck. »wenn sie eure neue Mutter ist, heißt sie natürlich Frau Nieritz, genau wie dein Vater.«

»Gott, bist du blöd!«, sagte der Junge. »Der Vater heißt doch nicht Frau Nieritz!« Er streckte die Hand vor und wollte der Schwester, um den Grad ihrer Dummheit auszudrücken, ein unsichtbares Kreuz auf die Stirn zeichnen. Da kriegte er aber eins auf die Finger. Er schlug zurück. Und es entstand einer der üblichen Merckschen Familienzwiste. Die anderen Geschwister ergriffen, damit die Erbitterung der Duellanten nicht zu rasch nachlasse, Partei, und schließlich stand Marlene allein auf dem Hof. Das Gefecht tobte abseits, auf den Barrikaden des Lagerschuppens, weiter. Marlene nahm ihren Wagen und verschwand straßenwärts.

Die Puppe Oswald hockte noch immer oben auf der Klopfstange, wurde plötzlich nervös, kippte hintenüber und schlug aufs Pflaster. Mit zum Himmel erhobenen Armen, ängstlich zurückgelehnt, saß sie da. Unverletzt. Denn sie war aus Stoff.

Auf der Straße draußen blickte Marlene sich vorsichtig um. Dann schob sie ihren Puppenwagen dicht an der Häuserfront entlang und bog rasch in eine der Gassen ein, die auf die Oppelstraße führen. Hier verlangsamte sie den Schritt, spazierte unter den großen Ulmen vor der ehemaligen Feldartilleriekaserne wie ein Kindermädchen nach dem Mittagessen, mit gutmütiger Würde. Und dort, wo links das freie Feld beginnt, mit den Landschaftsgärtnereien und den Kranzbuden, blieb sie eine Weile stehen. Sie spielte mit den Ästen, die sich über die Zäune bogen, brach kleine Birkenzweige ab, legte sie in den Wagen, pflückte drei Gänseblümchen, die nahe an der Straße standen, tat die Blumen zu den Zweigen und setzte dann ihren Weg fort. Bis zum St.-Pauli-Friedhof.

Oben im vierten Revier, wo die Gräber der letzten Jahre liegen, auf einem Hügel hoch über den unzähligen Grabkreuzen vergangener Jahrzehnte, öffnete sie ein quietschendes Gruftgitter, zog den Puppenwagen mühsam über drei Stufen, stellte ihn an die Taxuszeile, setzte sich auf die kleine grüne Bank neben dem Grab und blickte über die Gräber und Kreuze und Urnen und Engel hinweg, zur Stadt hinunter, deren Türme und Gasometer in violettem Dunst lagen.

Eine der alten Frauen ging vorüber, die dazu bestellt sind, die Gräber sauber zu halten und die Topfblumen zu begießen. Sie nickte dem Kinde freundlich zu. Marlene merkte es gar nicht. Sie kniete sich hin, entfernte verdorrte Zweige und Blumen, legte an ihrer statt die drei Gänseblümchen und das frische Birkengrün sorgfältig verteilt aufs Grab, holte die Puppe Florfina aus dem Wagen, setzte sie neben eins der Gänseblümchen, kauerte sich auf den Granitrand und sagte nach einer Zeit: »Oswald sitzt noch auf der Teppichstange. Erinnere mich nachher dran, dass wir ihn abholen. Sonst bleibt er die ganze Nacht über dort und weint. Vielleicht würde er auch vor Angst herzkrank. Sitz ruhig!«

Ein Herr und eine Dame kamen vorbei, in schwarzen Kleidern, und er trug einen glänzenden Zylinder. Der Kies knirschte.

Marlene strich Florfina übers Filzhaar, schüttelte den Kopf, als antworte sie auf irgendetwas, und meinte: »Fräulein Stampfer heißt nun Frau Nieritz und denkt, deswegen wäre sie unsre Mutter. So ein Einfall, was? Das ist genauso, als wenn ich zu Mercks ginge und sagte: Guten Tag, ich bin ab heute Ihre Tochter und heiße Marlene Merck. Verstehst du? Na also. Sogar du verstehst es und bist bloß eine Puppe. Vater versteht es nicht. Weil wir keine Mutter mehr hätten, müssten wir einen neue bekommen, hat er gesagt. Wenn man aber keine Mutter mehr hat, da hat man eben keine Mutter mehr.«

Marlene holte sich die Puppe Florfina auf den Schoß, fragte: »Bist du müde?«, und betrachtete das Panorama der Stadt. Dann fuhr sie halblaut fort: »Soll ich dir eine Geschichte erzählen? Vielleicht das Märchen von der kleinen Martha, die stets allein war? Der kleinen

Martha war nämlich die Mutter gestorben. Und da dachte sie eines Tages, ich will sie doch mal besuchen. Und kaufte sich ein Flugzeug von ihrem gesparten Geld. Und das Flugzeug wurde in eine große Kanone gesteckt. Und Martha saß drin. In einem Rucksack hatte sie Milch und Zwieback. Und eine Bonbonniere für ihre Mutter. Dann wurde die große Kanone abgefeuert. Und das Flugzeug sauste direkt vor den Himmel. Und am Himmel hieß es: Wer nicht tot ist, darf nicht hinein! Aber Martha gab dem Schupo die Bonbonniere, und da durfte sie. Sie suchte lange, und die Straßen hatten blaue Nummern, und auf der Straße Nummer hunderttausendelf saß Marthas Mutter und hatte ein schönes goldenes Kostüm an.

Und Marthas Mutter merkte nichts, sondern saß auf einem Klappsessel wie im Kino und sah sich die Fotografien an, wo ihre sechs Kinder drauf waren. Da setzte sich Martha heimlich mit auf den Sessel und nahm ihre Mutter bei der Hand und sagte fröhlich: ›Endlich hab ich dich gefunden. Ich mag nicht allein auf der Erde bleiben und tue hier so, als ob ich tot wäre, und der Schupo hat deine Pralinés, aber das ist nicht schlimm, ich kaufe dir neue. Gar nichts ist jetzt schlimm, denn jetzt hab ich dich wieder, meine gute Mutti, und …‹«

»Meine gute Mutti«, sagte die kleine Marlene noch einmal und konnte die Türme der Stadt nicht mehr sehen, weil sie weinen musste. Sie legte den Kopf neben die drei Gänseblümchen und hielt die Hände vors Gesicht.

Pferdehändler Nieritz saß mit den Hochzeitsgästen – es waren nur Verwandte von ihm da und ein alter Geschäftsfreund – in der guten

Stube. Lisbeth, seine neue Frau, schnitt Napfkuchen in Stücke, goss Kaffee ein und nötigte die Gesellschaft zuzulangen. Mitunter stand sie von ihrem Platz auf und trat ins Nebenzimmer, in dem die Kinder saßen und frohen Lärm machten.

»Robert hat eben Mutter zu mir gesagt, und Gertrud hat mir die Hand gestreichelt«, erzählte sie halblaut am Tisch und freute sich.

»Ja, ja, aber wo bleibt Marlene?«, fragte Herr Nieritz. »Sie hat so an meiner ersten Frau gehangen, und seit Lisbeth zu uns kommt, ist das Kind fast nie zu Hause.«

»Bei uns auf dem Turnerweg, zwei Häuser weiter«, wusste eine der Schwägerinnen, »wohnt eine Witwe und will seit zwei Jahren einen gewissen Lippold heiraten, einen hübschen, ordentlichen Menschen. Er ist bei der Post. Aber das Kind lässt es einfach nicht zu. Wenn Lippold zu Besuch ist, heult und schreit es so lange, bis der Mann wieder geht. Die beiden Leute sind verzweifelt und wissen nicht, was sie anfangen sollen.«

»Pony!«, rief Herr Nieritz.

Und die Kleine kam, mit einem großen Stück Napfkuchen in der Hand, aus dem Nebenzimmer.

»Hast du Marlene nicht geholt?«

»Doch. Sie hat genickt. Und da bin ich wieder gegangen.«

»Ob sie noch immer bei Mercks ist?«, fragte die neue Mutter.

»Nein.«

»Wo denn? Im Keller? In den Ställen oder auf dem Heuboden?«

»Nein, auch nicht.«

»Wo denn sonst?«

»Ich möchte es nicht sagen.«

»Komm mal her!«, befahl der Vater. »Wo ist Marlene? Ich will es wissen.«

»Marlene ist … Nein, ich sag es nicht.«

»Wo?«

»Auf dem Friedhof wird sie sein. Da ist sie meistens. Mich hat sie auch schon mitgenommen.«

Die Gesellschaft saß etwas betroffen da. Der Vater senkte den Kopf und spielte an der Uhrkette.

»Es ist gut. Geh wieder hinüber«, sagte er dann, und das kleine Mädchen ging. Man hörte, wie die Kinder nebenan lachten und mit den Tassen klapperten.

Plötzlich stand die neue Frau Nieritz auf, holte ihren Hut, hob einen Nelkenstrauß aus einer Vase und wickelte die Blumen in weißes Papier.

»Du willst sie holen gehen?«, fragte der Mann.

»Ja, ich hole sie. Seid mir nicht böse. Aber ich muss fort.«

»Das ist sehr schön von dir, Lisbeth«, sagte eine Schwägerin.

Dann ging die Frau. Und der Freund des Hauses meinte zu Herrn Nieritz, zu so einer Gattin könne er sich gratulieren.

Sie bemerkten einander schon von weitem. Und das Kind stellte sich wie zur Verteidigung dicht hinter die Gittertür. Die Frau war sehr blass, blieb unten vor den Stufen stehen und musste das Gesicht heben, um der kleinen Stieftochter in die Augen zu sehen.

»Willst du nicht nach Hause kommen?«, fragte sie.

Marlene schüttelte, kaum spürbar, den Kopf und schwieg.

»Warum bist du mir so böse? Ist es denn so schlimm von mir,

dass ich sechs Kindern, die keine Mutter mehr haben, ein bisschen helfen will? Ich weiß, dass man nur eine Mutter haben kann, und wenn die stirbt, ist man für immer mutterlos. Aber man braucht doch jemanden, Marlene!«

Die Frau setzte sich müde auf eine der Stufen, zu Füßen des Kindes, blickte auf ihren Hochzeitsstrauß und sagte: »Glaub mir, es ist noch immer besser, ich bin bei dir als gar keiner ... Siehst du, ich war doch auch einmal ein kleines Mädchen wie du. Hast du nie daran gedacht? Und mein Vater hat sich nicht wieder verheiratet, als meine Mutter starb. Ich glaube, das war noch trauriger, und ich war noch unglücklicher als du heute.«

Marlene stand ganz still hinter der sitzenden Frau und hörte zu.

»Als Kind war ich immer allein. Denn mein Vater fuhr zwar nicht nach Holstein, Belgien und Dänemark wie deiner. Weil er kein Pferdehändler war. Aber zu Hause war er trotzdem nicht. Und dann ging ich selber fort nach Hamburg und war Verkäuferin in einem Handschuhgeschäft. Sonntags ging ich mit Freundinnen spazieren, doch ich passte nicht zu ihnen. Sie waren hübscher als ich, und sie lachten immer. Geheiratet hat mich auch niemand. Dabei wollte ich so gerne Kinder haben.«

Die Frau nahm die Nelken aus dem weißen Papier und hielt den Strauß im Schoß. »Und ich wurde immer älter«, sagte sie, »und als mich dein Vater fragte, ob ich eure Mutter werden wollte, kam ich nicht deshalb, weil ihr eine Mutter braucht. Denn die ist tot. Sondern weil ich Kinder lieb haben möchte ... Du denkst, du bist allein, Marlene. Aber ich bin viel mehr allein als du.«

 Die Frau saß gebückt und faltete mit großer Sorgfalt das Seidenpapier zusammen. Da stahl sich eine kleine Hand an ihr vorbei und nahm den Nelkenstrauß fort. Und als die Frau sich umdrehte, sah sie, wie Marlene die Blumen auf das Grab legte. Dann setzte das Kind die Puppe in den Wagen, schob das kleine Fahrzeug durch die offene Gittertür, die Stufen hinab, auf den Kies und sagte leise: »Komm, steh auf, du machst sonst dein Kleid schmutzig!«

Sie gingen nebeneinander durch die leeren Grabreihen und sprachen kein Wort. Erst auf der Straße, bei den Gärtnereien, deutete die Frau, beinahe schüchtern, auf den Wagen und fragte: »Wie heißt sie denn?«

»Florfina«, sagte das kleine Mädchen, »und Oswald sitzt noch auf der Stange.«

Elementarunterricht

Ich will Ihnen nichts Böses wünschen. Also auch nicht, dass Sie jemals so ganz kleinen Jungens und Mädels, die noch nicht lesen und schreiben können, das »B« beibringen müssen. Ich habe das einmal versucht. Aber es ging nicht! Es ging absolut nicht!

Ich stellte mich aufs Katheder und legte mein Gesicht in ganz ernste Falten. Die anderen Seminaristen, die an der Rückwand des Schulzimmers saßen, lächelten nachsichtig. Ich wollte gerade sagen: »Liebe Kinder!« Da stand ein kleines Mädchen auf, nahm seine Brottrommel und ging fröhlich spazieren. Wobei sie ab und zu in die Schnitte biss. Der Oberlehrer führte sie zärtlich an ihr Plätzchen.

Und ich begann wieder: »Liebe Kinder!« Ich erzählte den lieben Kindern von ihrem Großvater. »Fritz«, sagte ich, »wie macht es dein Großpapa, wenn er raucht?«

»Mein Großpapa raucht nicht«, meinte Fritz.

»Warum denn nicht, Fritzchen?«

»Weil er tot ist.«

Ich war enttäuscht und fragte Hans. Hans sagte: »Wenn der Großvater raucht, dann spuckt er egal in die Stube.«

Ich gab den Kampf auf und antwortete selber: »Wenn der Großvater raucht, dann macht er: B, b, b, b, b.« Dabei malte ich eine Pfeife an die Tafel, die wie ein »B« aussah. Die Kinder lachten laut. Ich trocknete mir die Stirn: »Also, wie macht es der Großvater?«

»Er spuckt!«, schrie Hans.

»Er ist tot!«, schrie Fritz. Und dann entstand ein Tumult, der seinesgleichen suchen konnte.

Der Oberlehrer winkte mich auf den Korridor hinaus und hielt mir eine Rede, die mich zermalmte.

Ich habe daraufhin meine erzieherische Tätigkeit eingestellt. Es wäre um die Kinder schade gewesen.

Arthur mit dem langen Arm

Unerhört ist die Geschichte,
welche ich euch jetzt berichte.
Sie behandelt lang und breit
Arthurs Ungezogenheit.

Ach, er war der tollste Knabe,
den ich je gesehen habe!
Doch nun wird er nie mehr froh.
Wie das kam? Ja, das kam so:

Arthurs Schwester, namens Trude,
fuhr einmal nach Buxtehude.
Arthur, der den Koffer trug,
brachte sie bis an den Zug.

Wagen quiekten. Leute rannten.
Arthur brüllte: »Grüß die Tanten!«
Trude, die am Fenster stand,
reichte ihm noch rasch die Hand.

Doch da kam ein Ruck, ein Stoß!
Und der Zug fuhr plötzlich los.
Arthur hielt die Hand der Schwester,
so aus Unsinn, immer fester.

Und er wankte nicht vom Flecke,
doch der Zug bog um die Ecke.
Arthur wich nicht einen Schritt,
aber seine Hand fuhr mit!

Trude krähte wie ein Sänger.
Arthurs Arm ward lang und länger.
Und trotz ihrem Angstgezeter
wuchs der Arm auf dreißig Meter.

Jemand zog das Notsignal.
Und der Zug, der hielt noch mal.
Arthur mit dem langen Arm
übergab man dem Gendarm.

Dieser wusste mit dem langen
Arme auch nichts anzufangen.
In der Schule und zu Haus
lachte man den Arthur aus.

Schließlich wurde er für Geld
auf dem Jahrmarkt ausgestellt.
Für 10 Pfennig zog und rollte
man den Arm, sooft man wollte.

Man benutzte ihn als Reck
und zu manchem andern Zweck,
wie etwa zum Bäumestutzen
und zum Kirchturmfensterputzen.

Wisst ihr, was er in der Nacht
mit dem langen Arme macht?
Wegen seiner Riesenmaße
hängt der Arm bis auf die Straße.

Leute, die vorübergehn,
bleiben dann gewöhnlich stehn.
Und sie zupfen unter Witzen
Arthur an den Fingerspitzen.

Jedes Mal, wenn man ihn neckt,
wird er aus dem Schlaf geweckt.
Schreiben wir ihm einen Brief:
Wir bedauerten ihn tief.

Der neugierige Friedrich

Es ist ganz bestimmt so: Die Neugierde ist eine recht gewöhnliche und üble Eigenschaft. Schon neugierige kleine Mädchen können sehr auf die Nerven fallen; denn ihnen erscheint erst dann etwas wissenswert, wenn es sie nichts angeht oder wenn sie es nicht erfahren sollen. Neugierige Jungen aber sind das Unausstehlichste, was es weit und breit gibt. Eltern und Lehrer sollen brave Männer aus ihnen machen, und dabei schnüffeln diese Burschen wie die kleinen Ferkel überall herum!

Seid ihr auch manchmal neugierig? Doch ich will lieber nicht fragen, sonst sähe es aus, als sei ich selber neugierig ... Ich will besser eine kleine Geschichte erzählen, und zwar die Geschichte vom neugierigen Friedrich.

Friedrich wäre ein netter und gescheiter Junge gewesen, aber er war entsetzlich neugierig. Es war nicht zum Aushalten. Er war auf seine Neugier auch noch stolz und sagte immer, er wolle, wenn er größer wäre, Detektiv werden.

Er spionierte, lange vor Weihnachten, in den Kommodenfächern herum. Er horchte an den Türen, wenn sich die Eltern unterhielten. Er lief hinter der Mutter her, wenn sie Besorgungen machte. Einmal versteckte er sich sogar unter dem Sofa, um zu lauschen. Da musste er aber plötzlich niesen, wurde vom Vater hervorgeholt und ausgiebig verprügelt. Es hieß, er solle nichts zu Weihnachten bekommen. Da heulte er und versprach, nie im Leben wieder neugierig zu sein.

Und so kriegte er seine Geschenke. Doch schon zu Silvester horchte er wieder an den Türen.

Der neugierige Friedrich spionierte nicht nur zu Hause herum, sondern er schlich auch in fremden Häusern leise über die Treppen, besuchte seine Klassenkameraden, trat in Geschäfte, ohne etwas kaufen zu wollen – alles nur, um seine verflixte Neugier zu füttern. Doch die blieb ewig mager und hatte ständig Appetit.

Auf seinen geheimnisvollen Ausflügen geriet er auch einmal in ein altes buckliges Häuschen. Als er die Stiegen hinaufschlich, spielten plötzlich die Stufen, als wären sie ein Akkordeon, laute Musik. Da rutschte Friedrich am Geländer hoch. Oben drang aus der ersten Tür, die er erblickte, helles Licht. Neugierig beugte er sich vor das Schlüsselloch. Plötzlich sprang die Tür auf. Friedrich wurde von einem Haken, der aus der Öffnung herausfuhr, gepackt und in die Wohnung gezogen. Dann fing die Tür zu pendeln an, als ob Wind wäre, gab ihm einen Riesenklaps hinten drauf und schlug zu.

Der neugierige Friedrich stand nun in einem hellen Zimmer, klapperte mit den Zähnen und kniff beide Augen fest zu. Schließlich blinzelte er dann doch, weil es ihm im Gesicht juckte, und da sah er einen alten Mann in einem großen Kochtopf auf dem Herd sitzen. Er hielt eine bunte Pfauenfeder in der Hand. Mit der hatte er den Jungen gekitzelt.

»Ich bin Sherlock Holmes, der bekannte Detektiv«, sagte der alte Mann, der im Topf saß, »und du bist der neugierige Friedrich. Was willst du wissen?«

Aber der Junge hatte keine Lust zum Fragen.

»Also«, sagte Sherlock Holmes, »du weißt schon alles? Auch gut!

Damit du aber nicht umsonst bei mir warst, will ich dich mit der Fähigkeit beschenken, durch die Wände zu gucken.« Er betupfte Friedrichs Augen mit der Pfauenfeder und murmelte: »Hulle Wulle Spionier! Fort sind Wände, Dach und Tür.« Dann schickte er den Jungen fort. Doch er dürfe wiederkommen.

Nun konnte also der neugierige Friedrich durch Türen und Wände schauen, und das machte ihm großen Spaß. Er trat vor irgendein Haus hin, sagte »Hulle Wulle Spionier! Fort sind Wände, Dach und Tür«, und schon blickte er in die Häuser, als seien sie aus Fensterglas gebaut. Das war natürlich riesig spannend. Er sah, wie die Nachbarskinder spielten. Er sah Herrn Sekretär Deichmüller in der Badewanne hocken. Er sah, von der Straße aus, seine Eltern in der Wohnung sitzen und miteinander sprechen. Wenn er in der Schule war, sah er gleichzeitig viele Klassenzimmer auf einmal. Und es kam vor, dass er, wenn ihn der Lehrer aufrief, eine Frage beantwortete, die der Lehrer in der Nachbarklasse gestellt hatte.

Wie das so geht: Wenn man alles sieht, ist man nicht länger neugierig. Genauso erging es dem Friedrich. Seit er überall zuschauen konnte, fand er das gar nicht mehr lustig. Es kam auch oft vor, dass er, wenn er durch die Wände blickte, andere neugierige Kinder horchen und spionieren sah. Und da merkte er erst, wie hässlich das war. Schließlich entschloss er sich, zu Sherlock Holmes zu laufen und ihm zu sagen, er könne die Wundergabe getrost zurückhaben.

Er ging also wieder in das alte Häuschen, stieg die musikalische Treppe empor, ließ sich von dem Widerhaken in die Wohnung befördern, von der Tür den Klaps hintendrauf geben und sagte zu

Sherlock Holmes: »Geehrter Herr! Ich mag nicht länger durch die Wände schauen, und ich bin überhaupt nicht mehr neugierig.«

Der Detektiv saß wie beim ersten Mal in seinem Topf auf dem Herd und wedelte mit der Pfauenfeder. Er hörte dem neugierigen Friedrich, der nicht mehr neugierig war, zu und fragte: »Da willst du also auch gar nicht mehr Detektiv werden?«

»Doch, doch«, sagte Friedrich, »aber das ist doch keine Neugierde, wenn man Detektiv ist, sondern da will man jemanden schützen oder jemandem helfen.«

Sherlock Holmes klopfte dem neugierigen Friedrich wohlwollend mit der Pfauenfeder auf die Schulter und sagte: »Freut mich, dass du vernünftig geworden bist. Ich habe das schon damals gewusst.«

»Wieso haben Sie das schon damals gewusst?«, fragte Friedrich.

»Wozu ist man Detektiv?«, antwortete Sherlock Holmes.

Dagegen war nichts einzuwenden, und Friedrich verbeugte sich höflich. An der Tür drehte er sich noch einmal um und meinte: »Entschuldigen Sie, Mister Holmes, nun seh ich also nicht mehr durch die Wände?«

»Nein«, sagte der Detektiv, »das hat sich erledigt.«

»Und«, fragte Friedrich, »warum sitzen Sie eigentlich immer in einem Kochtopf?«

Da drohte Sherlock Holmes mit der Pfauenfeder und rief: »Damit dumme Jungen was zu fragen haben!«

Und dann kriegte Friedrich von der Tür einen Schwingerling und landete erschrocken auf der Straße. Ob ein Detektiv aus ihm wird, muss man abwarten.

Ein Quartaner denkt beim Anblick des Lehrers

So, so. Sie wollen mich nachsitzen lassen.
Weil ich in Französisch gemogelt habe.
Das glaub ich. Das könnte Ihnen so passen.
Als wär ich ein ganz gewöhnlicher Knabe.

Ich möchte nur wissen, wofür Sie sich halten.
Sie werden schon, wenn wir Sie auslachen, rot.
Sie trauriger Mond ohne Bügelfalten!
Sie haben ja nicht mal Wurst auf dem Brot.

Sie sollten mal donnerstags bei uns sein.
In Ihrem Frack, der so komisch gebaut ist.
Da stünden Sie dann in der Villa allein,
in der es donnerstags immer so laut ist.

Da sind Minister bei meinen Eltern.
Und seidne Frauen und Direktoren.
Mit riesigen Autos und Riesengehältern.
Da wärn Sie, samt Ihrer Bildung, verloren.

Noch unser Schofför ist feiner als Sie.
Und Sie, Sie wollen mir was befehlen?
In Groß-Grünau auf der Klassenpartie
sah ich Sie heimlich die Groschen zählen.

Sie fahren morgens im Autobus.
Sie wohnen in Untermiete bei Blaus.
Der Seidelbast, der's genau wissen muss,
sagt, es sei ein scheußliches Haus.

Glauben Sie nicht, weil Sie Plato lesen,
dass uns das irgendwie imponiert.
Ihre Frau ist Stenotypistin gewesen.
Der Onkel von Harms hat mit ihr poussiert.

Ich sitze nicht nach! Nicht morgen, nicht heute.
Ich sag's meinem Vater. Der sagt's Rektor Schneider.
Mein Alter ist Herr über zwotausend Leute.
Ich huste auf Sie, Sie Hungerleider.

Krieg in der Hechtstraße

Am Donnerstagmittag wurde Klaus Trenkler auf dem Schulwege von fünf Mitgliedern der Hechtbande angefallen, gefangen genommen, in einen Keller des weitläufigen Grundstücks verschleppt, das dem Pferdehändler Bialeschewsky gehörte, und dort unten mit festen Halfterstricken an einen der nassen niedrigen Stützpfeiler gebunden. Bald darauf ertönte an den Ecken und in den Höfen der Hechtstraße der Bandenpfiff, und die Vollversammlung, die rasch zustande kam, beschloss, einen Parlamentär mit weitreichenden Vollmachten in die Luisenstraße zu entsenden. Franz Frank borgte sich also vom kleinen Jolles ein weißes Taschentuch, holte aus den Pferdeställen einen zerbrochenen Peitschenstiel und zog los. Ein Dutzend Jungens brachte ihn bis zum Königsbrücker Platz und legte sich dort, für alle Fälle, in den Hinterhalt.

Die Feindschaft zwischen den Knaben der zwei Straßen bestand seit Generationen, hatte sich aber im Verlauf der Jahre verstärkt, und daran war, im letzten Grunde, die Entwicklung der Stadt selbst schuld. Die Hechtstraße geriet unaufhaltsam in das Wohnviertel der Fabrikarbeiter aus den Naumann-Werken; die Luisenstraße blieb bedeutend feiner, denn hier waren vorwiegend kleine Kaufleute und Beamte zu Hause. Die politische Meinungsverschiedenheit der Väter übertrug sich auf die Knaben, von denen ja später die meisten den Beruf der Väter ergreifen würden. Der Unterschied der Lebensbedingungen, die in der einen und der anderen Straße herrschten, war nicht beträchtlich, aber die kleinen Verschiedenheiten sind ja die größten.

Drei Tage bevor Klaus Trenkler am hellen Mittag gefangen genommen wurde, war eines der berühmten Gefechte gewesen. Man hatte sich mit Steinen mittlerer Größe beworfen; man hatte geohrfeigt und gerungen und geboxt. Karl Holz, der Hauptmann der Hechtbande, hatte einen seiner Backenzähne verschluckt und zum Arzt laufen müssen. Auch ein paar Gymnasiastenmützen waren draufgegangen. Das alles war nichts Besonderes. Aber es war noch etwas anderes passiert: Ein Trupp der Luisenbande hatte, für den Feind unerwartet, von der Zahnsgasse einen Flankenangriff unternommen! Dadurch war es gelungen, die vorderste Front der Hechtbande zu isolieren, von zwei Seiten her zu bearbeiten und ihr, o Schande!, die Fahne – ein rotes, mit einem grässlichen Totenkopf bemaltes Tuch – zu entreißen. Die Wut der Hechtbande stieg daraufhin ins Ungemessene. Taschenmesser wurden gezogen und aufgeklappt, und die Luisenbande hatte sich mit der eroberten Fahne eilends davonmachen müssen, um unnötiges Blutvergießen zu vermeiden. Jetzt lag die Siegestrophäe, gut verwahrt, im unteren linken Schreibtischfach des Oberpostsekretärs Wawerka, ohne dass er davon etwas wusste.

Wegen der verlorenen Fahne nahm die Hechtbande also am Donnerstagmittag den kleinen Trenkler als Geisel gefangen. Und ihretwegen schickte sie den Unterhändler Frank in die Luisenstraße.

Das Hauptquartier der Feinde befand sich im Hofe des Restaurants »Zur scharfen Ecke«. Denn in diesem Hause wohnten die Wawerkas, deren Jüngster, ein Untertertianer, der Bandenhäuptling war. Franz Frank knüpfte das geliehene saubere Taschentuch an den Peitschenstiel und pfiff. Er pfiff das Bandensignal der Hechtleute. Eine Sekunde später klapperte in der dritten Etage ein Fenster. Der dicke Wawerka bückte sich übers Fensterbrett und brüllte ärgerlich: »Was'n los?«

Der Unterhändler wedelte mit seiner Peitsche und rief: »Komm mal runter, Mensch! Ich bin'n reitender Bote!«

Wawerka schien das zu glauben. Jedenfalls stand er wenige Minuten später im Hof, hätte, aus purer Höflichkeit, dem feindlichen Gesandten fast die Hand gegeben, nahm sie aber im letzten Augenblick wieder zurück, zog Falten und sagte: »Nich mal essen kann man in Ruhe. Also?«

»Wir wollen unsere Fahne wiederhaben.«

»Kann ich mir denken. Kommt nich in Frage.«

»Wir geben euch dafür euren Trenkler wieder raus.«

»Wieso … habt ihr ihn denn geschnappt?«

»Klar, Mensch! Kam mit 'nem Stoß Diktathefte durch den Hecht. Sollte sie zu Lehrer Mittenzwey bringen. Schon war er futsch.«

Der Tertianer Wawerka stopfte vor Wut die Fäuste in die Taschen und stieß mit dem Stiefel gegen eins der vielen leeren Fässer, die auf dem Hofe standen. Dann sagte er: »Das kann ich nicht entscheiden. Da muss ich erst die Führer zusammentrommeln. Warte hier, aber halte deinen weißen Fetzen hoch, sonst zerschmettern sie dich inzwischen. Ahoi!« Dann holte er eine ausgediente Autohupe hinter einem vergitterten Kellerfenster vor und sauste auf die Straße. Der Parlamentär kletterte auf ein Hektoliterfass, setzte sich, zog die Beine hoch und hörte, bald näher, bald weiter weg, Wawerkas Hupe heulen. Fünf Minuten später waren außer Wawerka und Frank noch neun Jungens im Hofe und blickten neugierig auf den Gesandten. Häuptling Wawerka sagte, nach einer effektvollen Spannungspause: »Meine Herren, zuvor Ahoi!«

»Ahoi!«, antworteten die anderen neun.

»Die Sache«, erklärte Wawerka, »ist die. Sie wollen ihre Fahne wiederhaben und bieten uns zum Tausch den Trenkler an, den sie heute Mittag geschnappt haben, als er zu Mittenzwey musste, Diktathefte hinbringen.«

»Die Hefte können sie behalten«, rief einer vergnügt.

»Sag, was du vorzuschlagen hast, du vom Hecht«, meinte Wawerka. Der Unterhändler stellte sich auf seinem Fasse hoch, schwenkte das Taschentuch und hielt folgende Rede: »Nämlich, ich bin ermächtigt, euch ein Geschäft anzubieten. Wir haben den Trenkler und die Hefte, und ihr habt unsere Fahne. Wir haben ihn versteckt und festgebunden. Kriegen wir die Fahne nicht, verbrennen wir die Hefte und verhauen den Kerl, dass er denkt, die Welt geht unter. Und wenn ihr ihn euch nicht abholt, kriegt ihr ihn überhaupt nicht wieder, und wenn er bei uns zum alten Mann wird.«

»Wawerka«, meinte einer der Führer, »sollen wir den Kerl doppelt so dick prügeln, als er schon ist?«

»Wenn ihr mich anfasst, verletzt ihr das Völkerrecht, und dann geht's dem Trenkler dreckig, sogar wenn ihr die Fahne wiedergebt.«

»Ahoi!«, sagte Wawerka. »Wir müssen abstimmen. Es gibt zweierlei: Entweder wir tauschen und verprügeln dann den Trenkler selber, oder wir lassen ihn von der Hechtbande verhauen und behalten die Fahne.«

»Und die Hefte?«, wandte jemand ein.

»Damit können sie sich von mir aus die Zimmer tapezieren«, knurrte Wawerka.

»Du kannst gut die große Klappe haben«, sagte ein anderer, »du gehst nicht in Trenklers Klasse. Aber was machen wir, wenn die Hefte hin sind? Mittenzwey hängt uns auf.«

»Deswegen stimmen wir ja ab«, antwortete Wawerka. – Die Abstimmung ergab, dass die Luisenbande das Anerbieten der Hechtbande, die Fahne gegen Trenkler einzutauschen, ablehnte. Der Unterhändler zuckte die Achseln und kletterte von seinem Fass. Wawerka schickte die Unterführer auf die Straße mit dem Befehl, die Bande zu sammeln. Die neun schwirrten ab, und bald füllte sich der Hof mit mehr als fünfzig Mitgliedern. Wawerka ließ seine Leute antreten, öffnete das Tor und sagte zu Parlamentär Frank: »Hast du kapiert? Wir holen uns den Trenkler persönlich ab, und zwar auf der Stelle, mit fünfzig PS, und nun verschwinde! Bis zur Buchenstraße bist du uns heilig. Wenn wir dich dann aber erwischen, bist du dran. Hau ab! Ahoi!«

Der Unterhändler nahm seine Peitsche unter den Arm, sah sich verächtlich im Kreise um, spuckte aus und rannte wie der Blitz heimwärts. Die fünfzig Jungens von der Luisenbande setzten sich dicht hinter ihm in Trab, und die Straße hallte von hundert Stiefeln und von markantem Ahoi-Gebrüll wider.

»Diese verflixte Bande«, sagte der Friseur Krüger, der vor der Ladentür stand, »ist Ihrer auch dabei?« »Natürlich«, sagte der Zigarrenhändler Bauch, »wenn man sich da sträubt, muss man gewärtig sein, die Kerle schmeißen einem die Schaufenster ein.«

Der flüchtende Parlamentär hatte Glück. Er kam, ohne dass man ihn belästigt hätte, bis an den Königsbrücker Platz, wo ihn die Vorposten der Hechtbande schon ungeduldig erwarteten. »Sie kommen«, schrie er keuchend, »zweiundfünfzig Mann stark! Hinter mir her! Haltet sie auf! Ich alarmiere inzwischen die anderen.« Dann rannte er weiter.

Wenig später fand am Königsbrücker Platz ein Gefecht statt, das der Schlacht von Thermopylae sehr ähnlich war. Die Vorposten suchten den Eingang zur Hechtstraße zu schützen und fochten wie seinerzeit die Athener. Schließlich lagen die zwölf Tapferen, vorübergehend kampfunfähig, auf dem Pflaster und hielten sich die Köpfe. Die Luisenbande stürmte mit »Ahoi!« über ihre Leichen weg. Erwachsene, die dem halben Hundert Knaben in die Quere kamen, hatten es nicht leicht. Wawerka erhielt vom Drogisten Glöckner eine Ohrfeige. Er schwur ihm im Weiterrennen Rache. Jetzt hatte er keine Zeit zu privaten Auseinandersetzungen.

Am Grundstück des Pferdehändlers Bialeschewsky wurden sie von der Hechtbande trotzig erwartet, aber der Anprall war zu gewaltig. Nach einigen vergeblichen Bemühungen zogen sich die Platzbesitzer ins Tor zurück. Das Haus dröhnte wider von dem Lärm. Man kämpfte, bis plötzlich auf dem Hofe Hilferufe erklangen. Drei Leute der Luisenbande waren durch die Höfe der Nachbarstraße und über mehrere Mauern hinweg in den Hof geklettert und dort mit der Kellerwache zusammengetroffen, die den Trenkler beaufsichtigte.

Ohne ein Kommando abzuwarten, flutete die Hecht-Wache zurück. Holz, der Anführer, sprang in den Keller. Wawerka war überall und feuerte seine Mannschaft mächtig an. Als sie gar jemanden schreien hörten und wussten, dass man jetzt im Keller den Trenkler verprügelte, war kein Halten mehr. Alle kollerten und purzelten die glitschigen Treppen hinunter und kamen noch zurecht, um zu sehen, wie die Diktathefte der dritten Klasse (12. Volksschule) langsam, aber unweigerlich verbrannten. Trenkler war noch angebunden, hatte unnatürlich rote Backen und weinte. Bialeschewskys Pferdeknechte kauerten vor den Kellerfenstern, lachten und fingen schließlich an, mit dem Wasserschlauch, der im Hof lag, in den Keller zu spritzen. Darüber mochte den Kämpfern die Besinnung ein wenig wiederkommen – jedenfalls ließ die Prügelei nach und hörte bald ganz auf. Der weinende Trenkler wurde losgebunden. Niemand wagte, es zu verhindern. Die zwei Jüngsten von der Luisenbande lasen die verkohlten Reste der Diktathefte zusammen und übergaben sie dem befreiten Knaben. Der bündelte sie in einem Taschentuch und machte sich auf den Weg zu Lehrer Mittenzwey.

Dann kletterten alle Jungens aus dem Keller auf den Hof. Als sie aber vor der Tür zwei Polizisten warten sahen, verschwanden sie über die Hofmauern und entkamen durch die Nebengassen.

Lehrer Mittenzwey, der von Klaus Trenkler die ganze Geschichte erfuhr, war ein patenter Mann, setzte sich mit einigen seiner Kollegen in Verbindung – und am Sonnabend fand in mehreren Klassen der 12. und 19. Volksschule ein Diktat statt, das überall den gleichen Text hatte.

Das Diktat lautete folgendermaßen: »Das Kriegspielen steht bei Alten und Jungen noch immer recht in Gunst. Die Kleinen lernen es von den Großen, und da jene genauso töricht wie diese sind und es auch bleiben werden, müssen die wenigen Vernünftigen, die es gibt, für die Zukunft fürchten. Immer wieder werden die einen über die anderen herfallen und sie fesseln und schlagen. Zum Schluss werden alle Beulen in den Köpfen haben und Löcher in den Jacketts« – dieses Wort schrieb nur der kleine Trenkler richtig, denn sein Vater war Schneider – »und sich im Stillen ärgern, dass sie einander verprügelten, denn nachher müssen sie die Kleider flicken lassen, und der Kopf tut ihnen ziemlich weh. Deshalb sollte niemand dem anderen eine Fahne stehlen, ob sie nun rot oder grün ist, und keiner dürfte das, was dem anderen gehört, anzünden. Die kalte Dusche kommt hinterher ja doch! Da die Eltern nicht vernünftig werden wollen, wäre es eine schöne Aufgabe für die Kinder, den Eltern die Lust am Kriegspielen abzugewöhnen. Das erfordert viel mehr Mut, als dazugehört, Fenster einzuwerfen und Hefte zu verbrennen. Allein kann niemand Krieg führen. Man braucht dazu einen Gegner. Wenn der nicht kämpfen will, ist das dumme Kriegspielen unmöglich.«

Das Diktat war, in jeder Beziehung, vor allem aber für die unteren Klassen, nicht einfach. Aber es war das erste Mal, dass sich die Kinder auch außerhalb der Schule darüber unterhielten und den Inhalt erwogen. Die Kindergefechte in der Hechtstraße und in der Luisenstraße hörten tatsächlich auf.

Die Eltern waren zum Lernen natürlich schon zu alt.

Panne!

Grad noch fuhren Max und Peter
zirka hundert Kilometer.
Plötzlich gibt es einen Knacks!
Und der Peter sagt zum Max:
»Menschenskind, was ist denn bloß
heute mit dem Wagen los?
Fährt er oder steht er?«

Max sieht nach und sagt: »Er steht!«
Peter schimpft, sosehr es geht,
und er legt sich auf die Hosen.
Während Max mit dem Franzosen
fleißig an der Nabe dreht.

Und dann schlossern sie wie dumm
an dem Motor und am Kühler
und am Differenzial herum –
aber keineswegs wie Schüler,
sondern richtig und wie Männer.
Alle Wetter, das sind Kenner!

Bis der Wagen funktioniert,
sind sie ganz mit Öl beschmiert.
Doch sie lachen und sind heiter,
hupen laut und gondeln weiter.

Der missglückte Milliardär

Wenn in den Großstädten etwas los ist – ein Schwimmfest, ein Boxkampf, ein Fußballmatch –, dann finden sich, umgehend, die Vertreter der fliegenden Berufe ein: Zeitungsverkäufer, Brezelhändler, Wurstmänner, und was es sonst gibt. Das Erstaunlichste dieser Art erlebten wir neulich nach einem großen Fußballkampf. Tausende der Zuschauer strömten nach dem in der Nähe befindlichen Vorortbahnhof, um von hier aus wieder nach Haus zu fahren.

In langen Schlangen standen wir vor dem Fahrkartenschalter. Endlich kam ich an die Reihe. Ich wurde vor den Schalter gestoßen und rief dem Beamten zu: »Viermal Dritter!« Plötzlich merkte ich, dass sich jemand an meinen Schuhen zu schaffen machte. Es war klar, dass mir sie jemand putzte! Aber wo und wer? Nirgends war ein Stiefelputzer zu sehen, und nirgends wäre Platz für ihn gewesen. Immerhin, wenn Schuhe gewichst werden, muss wer da sein, der's tut. Ich bückte mich, um dem geheimnisvollen Phänomen auf die Spur zu kommen …

Und da kniete, unter dem Schalter, unansehnlich und den Fußtritten Hunderter ausgesetzt, ein ganz kleiner Junge, kaum zu erkennen, mit einem Wischtuch und bearbeitete die vom Sportplatz verstaubten Damenschuhe und Herrenstiefel. Hunderte traten vor den Schalter. Hunderte verließen ihn gesäubert.

Ich bekam meine Fahrkarten, gab dem Jungen etwas von dem Schalterkleingeld und suchte meine Bekannten. Ich erzählte ihnen von dem winzigen Stiefelputzer, und sie traten näher, um ihn zu besehen.

»Ein raffinierter Knabe«, sagte der eine. »Wenn ihm jeder auch nur fünf Pfennige gibt, bekommt er jetzt in einer halben Stunde …«, und er begann erstaunliche Ziffern zu nennen.

»Er hat natürlich von dem Fußballspiel gehört und sich hier postiert, wo alle Zuschauer hintereinander vorbeimüssen. So ähnlich haben die meisten Milliardäre begonnen«, meinte der Zweite.

»Und wollen wir wetten, dass er fast nichts verdient? Der Schalterbetrieb geht so rasch. Und die Leute haben es so eilig, zum Zug zu kommen. Und kein Mensch sieht nach, was da im Dunkel an seinen Stiefeln vorgeht. Gebt nur Obacht!«, sagte der Dritte.

Wir sahen genau hin. Der Dritte hatte recht. Der kleine Stiefelputzer wurde von den wenigsten bemerkt. Und diese wenigen gaben auch nicht immer! Er arbeitete, was das Zeug hielt. Er arbeitete trotzdem fast vergeblich. Und wie klug hatte er zu sein geglaubt, als er sich unter dem Schalter postierte. Und wie klug hatte ich seinen Einfall gefunden …

»Das wird kein Milliardär«, sagte der Erste.

»Und wie sehr hätte ich's ihm gegönnt«, sagte der Zweite.

Dann gingen wir eilig nach dem Bahnsteig.

Mädchens Klage
(Dem Wohnungsamt gewidmet)

Wir wohnen Hinterhaus. Im vierten Stock.
Ich kriege schon die ersten Achselhaare.
Mein Bruder will mir manchmal untern Rock.
Und nächsten Juli bin ich vierzehn Jahre.

Wir haben bloß ein Zimmer, wo wir schlafen,
und trotzdem einen fest möblierten Herrn.
Der ähnelt sonntags einem schönen Grafen.
Und gibt mir Geld. Da tut man manches gern.

Herr Lehrer Günther könnte mir gefallen.
Beim Turnen zieh ich drunter nicht viel an.
Erst gestern sagte er den andern allen,
wie gut ich mit den Keulen schwingen kann …

Wenn wir Herrn Günther bei uns wohnen hätten!
Geld oder sowas nähm ich von ihm keins.
Wir lägen nachts fast in denselben Betten,
und Ostern kriegte ich in »Sittlichkeit« die Eins!

Wenn ich bei uns zu Haus am Fenster sitze
und auf die Straße sehe, ist das weit!
Da spuck ich dann nach der Laternenspitze.
Und wenn mein Bruder mitspuckt, gibt es Streit.

Wenn niemand da ist, hab ich meine Ruh
und lese in der Bibel von der Liebe.
Vorgestern kam die Mutter grad dazu.
Sie fragte diesmal gar nicht, was ich triebe.
Mitunter fragt sie nämlich, was ich tu.
Dann setzt es Hiebe.

Kleine Freundin

In diesem Roman von Ernst Lothar (Paul-Zsolnay-Verlag) erlebt ein zwölfjähriges Mädchen die Scheidungsgeschichte seiner Eltern, den Ehebruch der Mutter, die Verzweiflung des Vaters, die Aufregung der Schwiegereltern und Dienstboten, die öffentliche Gerichtsverhandlung vor der Scheidungskammer: Alle diese »erwachsenen« Vorkommnisse spiegeln sich in der kleinen unglücklichen Felizitas, und nur in diesem Spiegel wird sie vom Autor gezeigt. Der Leser erfährt, voller Anteilnahme, die Leiden des Kindes; er erfährt des Kindes Zweifel und den Unverstand der Großen, die nicht merken, dass sie das kleine Wesen zu Tode quälen. Felizitas, die schaudernd bemerkt, dass die Mutter lügt und dem Vater unrecht tut, begeht, da sie trotz allem die Mutter mehr liebt als den Vater, dem sie vom Gericht zugesprochen werden soll, einen Selbstmordversuch. Sie sperrt sich ins Badezimmer und öffnet den Gashahn. Sie will ihren eigenen Konflikten entgehen und den Familienkonflikt lösen helfen. »Wenn das Kind nicht wäre!« Diesen Satz hat sie zu oft gehört. Sie wird im letzten Augenblick gerettet. Die Eltern bleiben beisammen. Das Kind bleibt am Leben. Aber freilich, seine Kindheit ist gestorben.

Ernst Lothar stellt dieses kleine rührende Schicksal mit erstaunlichem Verständnis dar. Er lässt uns ganz aus der Nähe zusehen, wie ein Kind zwischen Erwachsenen, die es liebt, herumirrt und, obwohl es von ihnen wiedergeliebt wird, beinahe zugrunde geht, ohne dass die anderen, mit ihren eigenen Sorgen beschäftigt, es beachten. Nur ein paar alte Männer glauben nicht, Felizitas sei »bloß« ein Kind. Ein alter Gärtner und der »Vater von Papa« (wie zum Unterschied vom adligen Großvater der jüdische Großvater genannt wird) spüren am ehesten, was in dem Kind vorgeht. Sie wissen, dass die Welt der Erwachsenen nicht wichtiger und nicht größer ist als die Welt der Kinder. Sie sind den kurzsichtig machenden Leidenschaften entwachsen. Sie sind die wertvollsten Figuren dieses an wertvollen Figuren reichen Buches. Sollte man Lothars Roman auf eine Erkenntnis hin absuchen, so fände man vor allem Folgendes: Die Kinder begreifen bereits die Erwachsenen, obwohl sie noch unerwachsen sind; aber die Erwachsenen begreifen die Kinder nicht mehr, obwohl sie einmal Kinder waren.

Experiment mit Müttern

Ich bin überzeugt, dass der Mann, der unverheiratete dazu, in seiner Sympathie für Kinder Amateur bleiben muss. Kinder aus Profession zu lieben ist das Vorrecht der Mütter. Nun gibt es allerdings auf diesem Gebiet, wie in andern Fächern, nicht nur begabte und tüchtige Professionals, sondern auch ungeeignete und nachlässige. Als ich gar in einem Jugendbuch neben einer vorbildlichen Mutter eine mangelhafte, der Kritik bedürftige darstellte, trug mir das den Unwillen mancher Frau ein; und dass sich der Verband der Mütter nicht beschwerdeführend an die Gerichte wandte, lag wohl einzig daran, dass es einen solchen Verband nicht gibt.

Trotzdem ging ich in mich und wandte meine Aufmerksamkeit vorübergehend weniger den Kindern als ihren Müttern zu. Der wochenlange Aufenthalt in einem großen Gebirgshotel bot Gelegenheit. Kinder gab es in Hülle. Frauen gab es in Fülle. Ich begann zu beobachten. Ich machte Bekanntschaften. Ich riss Augen und Ohren auf, der liebevollen Mütter gewärtig. Ich hatte Pech. Die vorbildlichen Mütter hatten offensichtlich über das fünfhundert Menschen fassende Hotel den Boykott verhängt. Was ich sah und hörte, war ebenso bedauerlich wie das, was nicht zu sehen und nicht zu hören war.

Wenn ich mit ein paar Frauen zusammensaß und das Gespräch auf ihre Kinder brachte (denn unaufgefordert sprachen sie über alles andere eher als über diese), hörte ich zwar oft genug, man wisse nicht, was man tun solle, falls den lieben Kleinen etwas zustieße. Aber diese Äußerungen klangen wie eingepaukte Examensantworten. Die Damen schienen ihre Liebe zu den Kindern nur für die dringendsten Fälle aufsparen zu wollen.

Es steht außer Frage, dass sie, wäre der Sprössling krank geworden, nicht von seinem Lager gewichen wären. Aber er war nicht krank, der Sprössling! Und da er gesund und munter war, kräftig aß und das Erforderliche wog, bestand kein Anlass, sich ernstlich um ihn zu kümmern. Das besorgte entweder das Kinderfräulein oder niemand.

Es gab da holländische Barone, englische Offiziere, französische Ritter der Ehrenlegion und Tiroler Sportgestalten – die Kinder waren hinter solch männlichen Figuren begreiflicherweise nicht zu erkennen. Sie liefen durch die Halle; sie waren allein, weil – wie die Damen erfahren bemerkten – Kinder am liebsten allein sind.

Da ich es bis jetzt unterlassen habe, Beispiele anzuführen, hole ich das Praktikum nach. Ich bringe wenigstens ein Exempel: Eines Abends kam eine der Bekannten an meinen Tisch, setzte sich, schien recht außer Atem zu sein und sagte: »Denken Sie, was ich erlebt habe! Soeben hat mir mein Junge eine Szene gemacht!«

Ich schwieg und wartete gespannt auf den Bericht.

Die Dame fuhr, aufrichtig ergriffen, fort: »Ich hatte versprochen, mit ihm zu Abend zu essen. Na, so etwas vergisst sich, nicht? Kann ja vorkommen. Aber er hatte es nicht vergessen und wurde wütend, als ich fortgehen wollte. Ich hatte nämlich eine kleine Verabredung mit Dottore Spalato. Kann ja vorkommen. Und was, glauben Sie, sagt das Kind? ›Du kümmerst dich überhaupt nicht um mich‹, sagt er. ›Du bist überhaupt keine richtige Mutter‹, sagt er. ›Mein Kalender liegt im Schreibtisch, und das Parfüm hat Frau Schreitmüller gekriegt‹, brüllt er und heult, es war einfach schrecklich.«

Es lässt sich nicht leugnen, die Dame hatte ein schlechtes Gewissen. »Sein Kalender liegt im Schreibtisch?«, fragte ich.

»Na ja«, meinte sie. »Er hat mir zu Weihnachten einen Kalender geschenkt, einen zum Abreißen, wissen Sie, einen selbstgemalten. Vier Wochen hat er dran herumgemalt. Mein Mann hat ihn wahrscheinlich in den Schreibtisch geschlossen. Kann ja vorkommen.«

Mir blieb, mit Verlaub, die Spucke weg. Ich bin, wenn es sein muss, ein sentimentaler Kerl und weiß, was es bedeutet, wenn ein zehnjähriger kleiner Junge vier Wochen lang an einem Abreißkalender malt. Und ich weiß, was es bedeutet, wenn so ein Kalender bis zum dritten Feiertag herumliegt, als sei er gar nicht da. Und der kleine Maler schleicht immer wieder am Tisch vorbei und stellt immer wieder fest, dass das Abreißprachtwerk von keinem bemerkt wird. Und dann verschwindet es achtlos in Vaters Schreibtisch.

»Und was war mit dem Parfüm, das Frau Schreitmüller gekriegt hat?«, fragte ich.

»Ach, eine Flasche Parfüm hat er mir geschenkt«, sagte die Dame. »Er hat einen Spartopf, nicht wahr? Und von dem Geld, das er während eines Jahres spart, schenkt er mir jedes Mal was zu Weihnachten. Diesmal hat er mir Parfüm geschenkt.«

»Und?«

»Als wir auf einer Reise in München bei einer guten Bekannten wohnten, wollte ich die Parfümflasche öffnen. Dabei brach der

Stopfen ab. Kann ja vorkommen. Was sollte ich nun mit der Flasche anfangen? Ich hab sie der Frau Schreitmüller geschenkt.«

Ein Jahr lang hatte der Junge gespart. Dann hatte er das Geld aus dem Topf geangelt. Dann war er heimlich in die Stadt gelaufen, hatte eine der teuren Flaschen erworben, wie sie vor Mutters Schlafzimmerspiegel standen, und kein Geschenk war ihm prächtiger erschienen als der glitzernde Flakon unterm Christbaum. Und wer besaß es jetzt, dieses herrliche Geschenk? Frau Schreitmüller in München!

»Sie hätten den Flaschenhals über einer Flamme erhitzen müssen«, schlug ich vor. Aber ich sprach nicht weiter. Ich schwieg. Die Flasche stand ja nun in München. Mein Rezept kam zu spät.

»Förmlich getobt hat er«, erzählte die Mutter. »Mindestens eine halbe Stunde lang. Ich hab ihn natürlich wieder beruhigt. Ab morgen sparen wir gemeinsam. Und wenn wir Geld genug beisammenhaben, kaufen wir eine neue Flasche Parfüm.«

»Das hat ihn beruhigt?«

»Freilich.«

»Und die Sache mit dem Kalender?«

»Ach, ich hab ihm gesagt, ich hatte den Kalender weggeschlossen, um ihn mir als Andenken aufzuheben. Weil es doch schade sei, so eine schöne und mühselige Arbeit durch tägliches Abzupfen zu entstellen und schließlich zu vernichten.«

»Das hat er geglaubt?«, wagte ich zu fragen.

»Selbstverständlich. Er ist ein gutes Kind«, sagte die Dame. »Wir haben uns wieder versöhnt. Jetzt liegt er in seinem Bett und schläft glücklich und zufrieden.«

»Dass er Ihnen das geglaubt hat!«, sagte ich leise.

»Wie merkwürdig Kinder sein können«, bemerkte sie, nahezu nachdenklich. »Fast ein Vierteljahr hat er diese Geschichte mit den Weihnachtsgeschenken für sich behalten. Komisch, nein?«

Natürlich redete ich der Dame ins Gewissen. Die Gelegenheit war günstig, sie hatte gerade eins. Aber sie hatte es nicht lange. Der Dottore Spalato reiste ab; und Mister Price, ein notarisch beglaubigter Löwenjäger, schob sich in den Vordergrund.

Und wieder spazierte der kleine Junge melancholisch durch die Hotelhalle und fragte alle Leute, die er kannte: »Haben Sie meine Mutter nicht gesehen?«

Nur diesen einen Fall wollte ich mitteilen, obwohl es, aus jenem Hotel, noch andere Fälle von »Mütterlichkeit« zu berichten gäbe.

Abschließend möchte ich eine rhetorische Frage stellen. Warum schreibt man so viel über die Erhaltung der Staaten, obwohl der Staat ein Vorurteil ist, und warum beschäftigt man sich so wenig mit dem Wiederaufbau der Familie, wo diese doch das einzige unentbehrliche Kollektiv darstellt?

Das Riesenspielzeug

Eins habt ihr leider nicht bedacht:
dass Kinderhaben auch verpflichtet.
Ihr wart auf uns nicht eingerichtet,
ihr habt uns nur zur Welt gebracht.

Ihr habt uns mancherlei gelehrt,
Latein und Griechisch, bestenfalles.
Nun sind wir groß, doch das ist alles.
Und was ihr lehrtet ist nichts wert.

Ihr habt uns in die Welt gesetzt.
Wer hatte euch dazu ermächtigt?
Wir sind nicht existenzberechtigt
und fragen euch: Und was wird jetzt?

Schon sind wir eine Million!
Wir waren fleißig und gelehrig.
Und ihr? Ihr schickt uns, minderjährig,
fürs ganze Leben in Pension.

Wir leben wie im Krankenhaus
und lassen uns von euch verwalten.
Wir werden von euch ausgehalten
und halten das nicht länger aus!

Sind wir denn da, um nichts zu tun?
Wir, die gebornen Arbeitslosen,
verlangen Arbeit statt Almosen
und fragen euch: Und was wird nun?

Einst wusstet ihr noch euren Text,
als ihr uns noch für Puppen hieltet
und wie mit Spielzeug mit uns spieltet.
Doch wir sind Spielzeug, welches wächst!

Auf eigne Rechnung und Gefahr
will jeder, was er lernte, nützen.
Die Tage regnen in die Pfützen,
und jede Pfütze wird ein Jahr.

Die Zeit ist blind und blickt uns an.
Die Sterne ziehn uns an den Haaren.
Das ganze Leben ist verfahren,
noch ehe es für uns begann.

Vernehmt den Spruch des Weltgerichts:
Ihr gabt uns seinerzeit das Leben,
jetzt sollt ihr ihm den Inhalt geben!
Dass ihr uns liebt, das nützt uns nichts.

Anmerkung: Die Zahl der jugendlichen Erwerbslosen betrug damals mehr als eine Million.

Die Ballade vom Nachahmungstrieb

Es ist schon wahr: Nichts wirkt so rasch wie Gift!
Der Mensch, und sei er noch so minderjährig,
ist, was die Laster dieser Welt betrifft,
früh bei der Hand und unerhört gelehrig.

Im Februar, ich weiß nicht am wievielten,
geschah's, auf irgendeines Jungen Drängen,
dass Kinder, die im Hinterhofe spielten,
beschlossen, Naumanns Fritzchen aufzuhängen.

Sie kannten aus der Zeitung die Geschichten,
in denen Mord vorkommt und Polizei.
Und sie beschlossen, Naumann hinzurichten,
weil er, so sagten sie, ein Räuber sei.

Sie steckten seinen Kopf in eine Schlinge.
Karl war der Pastor, lamentierte viel
und sagte ihm, wenn er zu schrein anfinge,
verdürbe er den anderen das Spiel.

Fritz Naumann äußerte, ihm sei nicht bange.
Die andern waren ernst und führten ihn.
Man warf den Strick über die Teppichstange.
Und dann begann man, Fritzchen hochzuziehn.

Er sträubte sich. Es war zu spät. Er schwebte.
Dann klemmten sie den Strick am Haken ein.
Fritz zuckte, weil er noch ein bisschen lebte.
Ein kleines Mädchen zwickte ihn ins Bein.

Er zappelte ganz stumm, und etwas später
verkehrte sich das Kinderspiel in Mord.
Als das die sieben kleinen Übeltäter
erkannten, liefen sie erschrocken fort.

Noch wusste niemand von dem armen Kinde.
Der Hof lag still. Der Himmel war blutrot.
Der kleine Naumann schaukelte im Winde.
Er merkte nichts davon, denn er war tot.

Frau Witwe Zickler, die vorüberschlurfte,
lief auf die Straße und erhob Geschrei,
obwohl sie doch dort gar nicht schreien durfte.
Und gegen sechs erschien die Polizei.

Die Mutter fiel in Ohnmacht vor dem Knaben.
Und beide wurden rasch ins Haus gebracht.
Karl, den man festnahm, sagte kalt: »Wir haben
es nur wie die Erwachsenen gemacht.«

Anmerkung: Der Ballade liegt ein Pressebericht aus dem Jahre 1930 zugrunde.

Der Zauberer hinterm Ladentisch

Auf der Motzstraße in Berlin befindet sich einer der seltsamsten Läden, die mir je vorgekommen sind. Wenn man Glück hat, kann man gerade sehen, dass ein Herr im Schaufenster steht und grüne Seidentücher in Hühnereier verwandelt. Oder er füllt zwei Messingschalen mit Reis, stülpt sie übereinander, hebt sie lächelnd wieder ab – und dann ist in der einen Schale nichts und in der anderen Wasser. Richtiges, nasses Wasser, das man ausschütten kann. Dies tut dann der lächelnde Herr auch; und die Leute, die vorm Schaufenster stehen, schmunzeln und staunen. Das Schmunzeln besorgen die Erwachsenen. Das Staunen erledigen die Kinder. Über dem Schaufenster befindet sich ein Schild. Und da, wo man gewöhnt ist, zu lesen, es handle sich um eine »Bäckerei« oder um »Frische Fleisch- und Wurstwaren«, liest man: »Der Zauberladen«.

Der Zauberladen? Ja, wer um alles in der Welt braucht denn heutzutage – neben der Bäckerei, dem Wäschegeschäft, dem Juwelier, dem Kaufhaus und der Bank – auch noch einen Zauberladen, um darin Einkäufe zu machen? Und, Einkäufe müssen doch wohl gemacht werden, sonst hätte der Herr, der im Schaufenster zaubert, den Laden nicht eröffnet oder ihn wenigstens eine Woche später wieder geschlossen! Nein, der Laden bleibt offen, und der zaubernde Herr ist noch nicht pleite. Wie bringt er das fertig? Auch nur mit irgendeinem Zauberspruch oder Taschenspielertrick?

Man sollte ihn eigentlich einmal fragen …

Der Zauberer ist ein ungewöhnlich freundlicher Herr und heißt Trix (vielleicht der Plural von Trick, nur etwas unverfänglicher in der Orthographie). Dass sein Geschäft, mitten in einer Großstadt, neben Autobussen und Bankfilialen, Wettbüros und Cafés, bestehen kann, hat, sagt Herr Trix, verschiedene Gründe. Erstens verkauft er nicht nur Zauberstäbe, sondern auch Kotillon- und Scherzartikel.

Man kann bei ihm Zigarren kaufen, die im Munde des Onkels explodieren; blaue Blechstücke, die man heimlich auf Tischtücher legen kann, und dann denkt die Mama, es seien Tintenflecke; Wurzelbürsten, die, wenn sich jemand die Hände abrumpelt, komische Musik machen; Knallplätzchen, die der kluge Ehemann in seine Brieftasche steckt, bevor er ohne sie ins Nebenzimmer geht; sobald die treusorgende Hausfrau neugierig die Tasche aufklappt, fängt diese wie besessen zu knallen an, und der Herr des Hauses sagt sich: Aha!

Also, derartige Unterhaltungsmusik kann man hier erwerben. Von 23 Pfennigen an aufwärts. Aber Herr Trix hat noch eine andere Erklärung dafür, dass er existiert. Er ist der Filialvertreter einer richtigen *Zauber-Fabrik*! Und die Herren Zauberer aus aller Welt kaufen dort ihr Handwerkszeug ein, bevor sie in den Ländern herumkutschieren und in Kabaretts und Varietés Aufsehen erregen. Denn schließlich: Nicht nur der Spaten des Gärtners und nicht nur der Wagen des Taxi-Chauffeurs geht einmal entzwei und verlangt Ersatz – auch die Zaubergeräte nützen sich ab. Und dann noch etwas: Die Zauberei *vervollkommnet sich,* neue Apparate und Tricks werden verbreitet und müssen käuflich erworben werden. Denn auch die Zauberer müssen mit der Zeit gehen! Der Fortschritt macht vor der

Hexerei nicht halt! Das Publikum will für sein Geld Überraschungen erleben, und so hat die Zauberfabrik mit ihren Geschäften voll zu tun.

Die Herren Zauberer kommen vorbei und fragen, was es Neues in der Kunst gibt. Und da stellt sich dann der Oberzauberer Trix hin und zaubert ihnen die letzten Schlager vor. Sie fragen nach dem Preis, und er nennt ihn ihnen. Er wickelt ihnen die Geräte ein und die Beschreibung dazu, und dann fahren sie nach Kassel oder Linz und erregen Erstaunen.

Herr Trix ist ein gewandter Hexer. Er steht hinterm Ladentisch, wir anderen stützen uns drauf und sehen dem Kerl auf die Finger. Doch wir sehen nicht, wie er's macht. Wir kommen ihm nicht auf die Schliche. Und da freut er sich krumm.

»Wenn ein Jongleur einen seiner Teller fallen lässt, überhaupt wenn ihm was misslingt, ist das Publikum mitleidig und bedauert ihn. Wenn aber *uns* etwas zunächst schiefgeht, lachen sie uns aus«, sagt ein kleiner Herr. Es ist ein Zaubermeister von Ruf, und er hat ein paar Truppen unterwegs. Er sitzt inzwischen in Berlin und erfindet neue Dessins.

Er hat recht mit seiner Feststellung. Der Zauberer hat keinen Pardon zu erwarten. Er darf keinen Fehler machen! Denn er hat *Heimlichkeiten*. Er verbirgt etwas. Sein Talent ist geradezu das Verbergen. Der Jongleur arbeitet offener. Der Illusionismus ist ein Vorspiegeln falscher Tatsachen.

Wer dann gar noch Fehler macht beim Schwindeln, der darf mit moralischer Entrüstung des Publikums rechnen.

»Ach«, sagt der Zaubertruppenkommandeur, »die Leute sind so

undankbar. Sie haben *das Wundern verlernt.*« Auch da hat er recht. Die Leute haben im letzten Jahrzehnt solche Sachen erlebt, dass die Überraschungen eines Berufsmagiers Kindereien dagegen sind! Außerdem ist es eben so, dass ihre Geschicklichkeit sich darin äußert, eine Leistung zu verbergen, während das Talent des Jongleurs darin besteht, die Leistung so deutlich wie möglich zu machen.

Hier hülfe nur eins: mit der würdevollen, selbstgefälligen Zauberei zu brechen und den *Humor* als Berufseigenschaft einzuführen. Denn mit Lachen wurde die Welt in letzter Zeit nicht eigentlich verwöhnt, das will sie wieder lernen. Stattdessen werden immer kompliziertere Apparate gebaut. Die Handarbeit wird auch hier von der Technik verdrängt, und die Zauberkünstler sind auf dem Holzwege, wenn sie glauben, je komplizierter eine illusionistische Apparatur sei, umso stärker wirke sie. Das Gegenteil ist der Fall! Je simpler, umso eindrucksvoller. *Aus dem Nichts* muss gezaubert werden.

Solche und ähnliche Berufsthemen besprechen wir mit den Zaubermännern. Und sie notieren sich unsere Adressen. Wir sollen ihnen beim nächsten Trick, den sie austüfteln, massenpsychologische Tipps geben.

Da tritt ein junger Mann in den Laden. Nein, es ist noch gar kein junger Mann, er hat sich nur so angezogen. In Wirklichkeit ist es ein Knabe in fortgeschrittenem Alter, etwa *Untersekundaner.* Er will dringend ein Zauberkunststück käuflich erwerben. Wahrscheinlich, um in der Schulpause den Mitschülern kräftig zu imponieren. Die Gehilfin des Zauberers bedient ihn. Er will wissen, was der Trick mit
 der Metallhülse kostet, in der man brennende Kerzen spurlos ver-

schwinden lassen kann. Fünf Mark, erklärt das Zauberfräulein. Oh, das ist ihm zu teuer!

Herr Trix mengt sich freundlich ein und rät ihm zu dem Trick mit dem zerrissenen Band. Er führt es gleich vor, reißt einen rosa Papierstreifen in viele Teile, knäult sie zu einer Kugel zusammen, zupft die Kugel wieder auseinander – der Streifen ist so ganz unlädiert, als wäre er nie zerrissen worden. Wir stehen zwanzig Zentimeter entfernt und haben dem Zauberer scharf auf die Finger gesehen. Er hatte nur das eine Stück Papier, hat es zerrissen, nichts konnte zu Boden fallen, ohne dass wir es gemerkt hätten, nun ist es wieder aus einem Stück. Und wir staunen.

Eine Mark kostet das Geheimnis! Für eine Mark kann man lernen, die Mitwelt restlos zu verblüffen! Der Gymnasiast starrt düster ins Portemonnaie. Aber Herr Trix lächelt. Es freut ihn, dass er uns durch seine Geschicklichkeit düpiert hat. Und nun ist er nicht mehr zu halten. Er fängt an zu zaubern und kann kein Ende finden.

Er schlägt sich einen langen Nagel durch den Finger, ohne dass Blut fließt. Er bohrt sich Zigaretten ins eine Ohr und zieht sie aus dem anderen heraus. Er schlägt metallene Ringe, die nirgends eine Naht haben, gegeneinander – und schon sitzen sie ineinander. Er stellt auf diese Weise ganze Ketten her und löst sie wieder in einzelne Ringe auf (zehn Mark im Einkauf). Er lässt Eier verschwinden. Er gießt Wasser in ein Gefäß, weg ist es. (Alles lässt er verschwinden! Wenn das so weitergeht, ist in einer Stunde der Laden leer.)

Meist zeigt er Dinge, wie man sie vom Varieté her schon kennt. Nur eben, er steht uns direkt vor der Nase und täuscht *trotzdem*. Das ist das Unerhörte! Wie er sagt, erteilt er auch *Unterricht*. Unterricht im Zaubern, das wäre noch was! Zehn Mark pro Stunde. Außerdem gibt seine Fabrik eine »Magische Bibliothek« heraus, wo die Elementarschüler sich weiterbilden können.

Der Gymnasiast, dieser arme Zauberlehrling, hat sich entschlossen. Er erwirbt den Papierstreifen, den man zerreißt und der doch heil bleibt. In einem verschlossenen Briefumschlag erhält er das *Rezept* eingehändigt. Er sucht zehn Groschen zusammen, legt sie auf die Ladentafel, grüßt und geht.

Herr Trix muss wieder ins Schaufenster, Zauberpropaganda treiben. Wir geben ihm die Hand. Und dann – verschwinden *wir.* So ein Zauberkünstler ist er.

Zwanzig Autogramme

Dieser Tage saß ich mit dem Schauspieler H. im Vorgarten eines Berliner Cafés, dicht an der Straße. H. erfreut sich großer Popularität. Die Passanten machten einander auf das seltene Glück aufmerksam, ihn Kaffee trinken sehen zu dürfen. Dem Bürgersteig widerfuhr eine Verkehrsstockung.

Und dann schoben sich zwei junge Burschen an unsern Tisch, legten einen weißen Zettel auf die Marmorplatte, hielten einen Füllfederhalter bereit, und der eine der beiden sagte: »Bitte sehr, Herr H., geben Sie uns 'n Autogramm!«

H. schrieb seinen Namen. Die zwei Burschen dankten und gingen weiter. Aber eine Minute später kam der eine noch einmal zurück, packte wieder Papier und Federhalter auf den Tisch und sagte: »Ach, Herr H., geben Sie uns doch noch 'n Autogramm. Für 'ne Frau. Sie verstehen.« H. schrieb seinen Namen noch einmal. Und damit schien die Angelegenheit erledigt.

Aber am nächsten Tag saß ich wieder in diesem Café, und da tauchten die beiden Burschen wieder am Tisch auf. »'n Tag«, sagte der eine, »heute so alleine? Kommt der H. auch wieder her?«

Ich erklärte, ich wisse es nicht genau. (Obwohl ich genau wusste, dass er in zwanzig Minuten kommen würde.)

»Na, er wird schon kommen«, sagte der andere von ihnen. »Wir gucken später noch mal vorbei. Wir wollen nämlich paar Autogramme von ihm.«

»Um des Himmels willen«, rief ich. »Sie haben doch gestern zwei Autogramme von Herrn H. erhalten!«

»Na und?«, sagte der eine. »Zwanzig Stück haben wir schon von ihm.«

»Aber wozu denn?«, fragte ich. »Handeln Sie denn damit?«

»Nee, jetzt nicht«, antwortete der andere.

»Später mal«, fügte der eine hinzu.

»Wieso später?«, fragte ich.

»Das ist so«, erklärte der andere. »Wir sammeln die Autogramme, und wenn dann so 'nem Manne was Menschliches zustößt, verkloppen wir sie zu höchsten Preisen.«

»Wenn der H. heute stirbt«, meinte der eine, »dann kriegen wir morgen pro Stück fünfzig Mark. Na, und zwanzig Stück haben wir schon.«

»Als der Rastelli tot war«, sagte der andere, »hat man uns für 'n Autogramm von ihm dreißig Mark gezahlt. Wir hatten leider bloß acht Stück.«

»Nun wollen wir aber abhauen«, sagte der eine. »Auf Wiedersehen.« Und dann verschwanden sie, diese beiden Gemütsmenschen.

Als ich H. von der Sache erzählt hatte, sagte er: »Mehr Autogramme kriegen sie nicht. Denn wenn die Kerle dreißig Stück hätten, brächten sie mich womöglich um.«

Die Sache mit den Klößen

Der Peter war ein Renommist.
Ihr wisst vielleicht nicht, was das ist?
Ein Renommist, das ist ein Mann,
der viel verspricht und wenig kann.

Wer fragte: »Wie weit springst du, Peter?«,
bekam zur Antwort: »Sieben Meter.«
In Wirklichkeit – Kurt hat's gesehn –
sprang Peter bloß drei Meter zehn.

So war es immer: Peter log,
dass sich der stärkste Balken bog.
Und was das Schlimmste daran war:
Er glaubte seine Lügen gar!

Als man einmal vom Essen sprach,
da dachte Peter lange nach.
Dann sagte er mit stiller Größe:
»Ich esse manchmal dreißig Klöße.«

Die andern Kinder lachten sehr.
Doch Peter sprach: »Wenn nicht noch mehr!«
»Nun gut«, rief Kurt, »wir wollen wetten.«
(Wenn sie das bloß gelassen hätten.)

Der Preis bestand, besprachen sie,
in einer Taschenbatterie.
Die Köchin von Kurts Eltern kochte
die Klöße, wenn sie's auch nicht mochte.

Kurts Eltern waren ausgegangen.
So wurde schließlich angefangen.
Vom ersten bis zum fünften Kloß,
da war noch nichts Besondres los.

Die andern Kinder saßen stumm
um Peter und die Klöße rum.
Beim siebenten und achten Stück
bemerkte Kurt: »Er wird schon dick.«

Beim zehnten Kloß ward Peter weiß
und dachte: Kurt erhält den Preis.
Ihm war ganz schlecht, doch tat er heiter
und aß, als ob's ihm schmeckte, weiter.

Er schob die Klöße in den Mund
und wurde langsam kugelrund.
Der Anzug wurde furchtbar knapp.
Die Knöpfe sprangen alle ab.

Die Augen quollen aus dem Kopf.
Doch griff er tapfer in den Topf.
Nach fünfzehn Klößen endlich sank
er stöhnend von der Küchenbank.

Die Köchin Hildegard erschrak,
als er so still am Boden lag.
Dann fing er grässlich an zu husten,
dass sie den Doktor holen mussten.

»Um Gottes willen«, rief er aus,
»der Junge muss ins Krankenhaus.«
Vier Klöße steckten noch im Schlund.
Das war natürlich ungesund.

Mit Schmerzen und für teures Geld
ward Peter wiederhergestellt.
Das Renommieren hat zuzeiten
auch seine großen Schattenseiten.

Premierenbericht für Klaus und Kläre

Lieber Klaus, liebe Kläre!

Ihr kennt doch mein Buch *Emil und die Detektive*? Na ja, da habe ich im Sommer ein Theaterstück draus gemacht. Und neulich haben wir es hier in Berlin, im Theater am Schiffbauerdamm, erfolgreich aufgeführt. Könnt Ihr Euch das vorstellen? Drei Dutzend richtige Jungen und Mädel, im Alter von neun bis zwölf Jahren, auf einer richtigen Bühne als richtige Schauspieler, mit großen und kleinen Rollen? Drei Wochen haben wir probiert, die Kinder, Onkel Martin (eigentlich heißt er Direktor Martin) und ich. Es war großartig! Der Junge, der den Professor spielt, ist ganz klein; seine Rolle, ein Riesending von Rolle, konnte er schon nach drei Tagen auswendig. Und die andern kamen gleich hinterher. Die Darstellerin von Pony Hütchen ist zwölf Jahre und doch schon eine bekannte Schauspielerin, mit einer richtigen Gage von – nein, ich darf's nicht verraten, was unsere kleinen Schauspieler für Gehalt kriegen.

Wenn wir während der Proben pausierten, spielten wir auf der Drehbühne Fußball. Und schließlich fühlten sich alle im Theater wie zu Hause. Dann kamen die Dekorationen: ein Eisenbahnzug, ein Blumenkiosk, eine Plakatsäule, ein Torbogen und Kuchen und Kakao und Schlagsahne. Zur Premiere aßen die Kinder so viel Kuchen, dass die Zuschauer kein Wort verstanden. Der Professor wäre fast erstickt, der Fresssack.

Als Emil das Geld gestohlen worden war, riefen viele Kinder im Parkett: »Emil, hab keine Angst, du kriegst dein Geld wieder!« Aber er musste doch Angst haben! Es stand doch in seiner Rolle.

Erwachsene spielen auch mit. Der Dieb zum Beispiel. Und ein riesengroßer Schupo. Der ist so groß, dass Emil und Gustav immer lachen müssen, wenn er auf die Bühne tritt. Dabei steht in ihrer Rolle, dass sie ernst sein sollen! Und Emils Mutter ist natürlich auch erwachsen. Sie hatte ihren kleinen Jungen zur Premiere mitgebracht, und er saß unten im Parkett bei einer Tante. Als seine Mutter auf der Bühne erschien, schrie er wie am Spieß: »Mutti, Mutti, Muuuttiii!!« Na, schrecklich. Und als sie sagte, weil's in ihrer Rolle stand: »Mir stehen die Haare zu Berge«, da rief ein kleines Mädchen von der ersten Reihe: »Ich sehe doch gar nichts!« Nun wird das Stück dreimal in der Woche gespielt, und es geht jedes Mal kolossal lebhaft zu.

In anderen Städten (Frankfurt, Breslau, Stuttgart, Leipzig usw.) ist es auch angenommen und wird bald gespielt werden. Da geht nur hin und seht es Euch an! Und wenn Ihr drin wart, schreibt mir mal, ob es Euch gefallen hat!

Viele herzliche Grüße von Eurem

Erich Kästner

Kinder lesen anders

»Als die Möbelträger einen letzten Blick in die leere Wohnung warfen, entdeckten sie noch eine Kohlenschaufel, einen Azaleentopf und den kleinen Fritz, der in der Küche auf dem Fensterbrett hockte und ein Buch las. Sie trugen den Topf, die Schaufel und das lesende Fritzchen zum Tafelwagen hinunter und fuhren, quer durch die Stadt, bis zu Müllers neuer Wohnung. Fritz Müller, zehn Jahre alt, las. Die Möbelpacker schleppten die Schränke, Betten, Tische, Stühle, Kisten, Besen und Eimer nach oben, zum Schluss trugen sie den Blumentopf, die Kohlenschaufel und den kleinen Fritz mit seinem Buche hinauf. Als sie dann einen letzten Blick in die neue Wohnung warfen, nickten sie zufrieden. Alles lag und stand, wohin es gehörte. Herr Müller schenkte jedem drei Zigarren. Und Fritz hockte in der Küche auf dem Fensterbrett und las. Er hatte von dem Umzug überhaupt nichts gemerkt.«

Das ist natürlich eine erfundene Geschichte, und ein bisschen übertrieben klingt sie außerdem. Aber diese Übertreibung ist legitim. Sie bewegt sich auf die Wahrheit zu. Man versuche einmal, den Jungen durch den Vater zu ersetzen! Herr Müller hockt während des Umzugs in einem Stuhl und liest. Die Männer tragen ihn treppab. Er liest. Sie fahren mit ihm quer durch die Stadt. Er liest. Sie tragen ihn in die neue Wohnung hinauf. Er liest. Fritzchen gibt jedem der Möbelräumer drei Zigarren. Und Herr Müller sitzt und liest und hat von dem Umzug überhaupt nichts gemerkt. Diese zweite

Geschichte wäre nicht übertriebener als die erste – aber sie wäre nicht mehr wahr.

Kinder lesen anders als wir. Die durch Buchstaben heraufbeschworene Welt ist für sie auf andre Weise, aber im gleichen Maße wirklich wie die Welt der greifbaren Dinge. »Kinder buchstabieren noch mit dem Herzen«, hab ich früher einmal geschrieben, und ich darf es hier wiederholen, weil ich sonst meine Ansicht nur schlechter formulieren könnte, als ich es seinerzeit versucht habe. Der Junge, der sich über ein Buch beugt, sitzt nur scheinbar in der Küche. Im Grunde hockt nur sein Anzug auf dem Fensterbrett. Er selber entert gerade ein Piratenschiff. Oder er wandert mit Aladins Wunderlampe durch geheimnisvolle Gewölbe. Oder er trifft – in dem Augenblicke, da ihn die Mutter ruft – auf der unbewohnten Insel jenen Wilden, den er später Freitag nennen wird. Die Mutter rüttelt Fritzchen und fragt ärgerlich: »Kannst du denn nicht hören?« Er erwacht wie aus einem Traum. Eben noch hörte er das Meer rauschen. Der Kapitän fluchte. Das Gewölbe war stumm wie ein Grab. Oder Zweige knickten und knackten unter braunen Fußsohlen. Wie hätte der Junge die Stimme seiner Mutter hören können? Mit welchen Ohren denn?

Wenn jene Wörter, Sätze und Kapitel, die wirklich und gründlich gelesen wurden, durch Zauberei aus den Büchern verschwänden, dann wären die Kinderbücher leer, und ihr Papier wäre weiß wie am ersten Tag. Und die Verleger müssten in einem fort nachdrucken.

Kicherfritzen

Habt ihr das schon mal gemacht:
ohne jeden Grund gelacht?
Na, wie steht's? Ich glaube sicher,
dass ihr dieses Lachen kennt,
das man allgemein Gekicher
nennt.

Wie entsteht so etwas bloß?
Es entsteht nicht. Es geht los!
Eben noch tat keiner mucksen.
Fritz beginnt herumzudrucksen.
Paul hat sich parterre gesetzt,
denkt nichts Böses, hört sie juxen
und bekichert sich zuletzt.

Schließlich platzen sie vor Lachen.
Und sie meckern wie die Ziegen,
bis sie fast am Boden liegen.
Und sie finden es zu dumm!
Doch da lässt sich gar nichts machen,
und sie meckern, und sie lachen,
und sie wissen nicht, warum.

Keiner sieht den andern an,
denn sonst würde es noch schlimmer.
Und das Kichern wird Gewimmer.
Mutter sitzt im Nebenzimmer
und bleibt ernst, so gut sie kann.
Kichern strengt genauso an
wie ein Tausend-Meter-Lauf.

Und so leise, wie's begann,
hört es auf.

Schafft ständige Kindertheater!

Neulich wurde in Stuttgart das Theater der Jugend eröffnet, und aus anderen deutschen Städten hört man von ähnlichen Projekten. Zur Eröffnung des Stuttgarter Jugendtheaters spielte man mein Kinderstück *Emil und die Detektive*. Es ist zwar schon zwanzig Jahre alt, aber altbacken, finde ich, ist es in der langen Zeit nicht geworden. Und außerdem, die Auswahl an solchen Stücken ist nicht groß. Die deutschen Schriftsteller waren bisher auf diesem Gebiete sehr zurückhaltend. Die Erörterung der Gründe würde zu weit führen. Es sind Gründe betrüblicher Art. Nun also, die kleine Bühne im Stuttgarter Mörike-Lyzeum war, glaub' ich, mit Mühe und Not am Abend vorher fertig geworden. Und vielleicht klappte nicht alles ganz so, wie es eigentlich sollte. Aber es war trotzdem, nach meiner Meinung, großartig. Vom Stück will ich hier nicht lange reden. Ob es ein bisschen besser oder schlechter ist, als ich glaube, tut nicht übermäßig viel zur Sache. Das Wichtigste am Stück ist nicht das Stück, sondern dass Kinder darin die Hauptrollen spielen. Dass sich richtige Jungens oben auf der Bühne balgen und vertragen. Der Spielleiter hatte ein Übriges getan: Man spielte nicht nur auf der Bühne, sondern auch im Parkett. Die Kinder kamen aus dem Dunkel des Zuschauerraums auf die Bühne geklettert. Sie verfolgten den Dieb, einen gewissen Herrn Grundeis, von der Bühne herunter in den Saal. Die Kinder waren überall. Die Bühne war überall. Es herrschte eine Stimmung, ausgelassen und übermütig wie auf dem Jahrmarkt.

Manchmal wurde es ganz ernst und leise. Das war dann besonders schön und eindrucksvoll. Nach der Vorstellung fiel mir plötzlich etwas ein, was ich ganz vergessen hatte: Ich hatte den *Emil* ja schon einmal hier in Stuttgart gesehen! Etwa im Jahre 1930. Im Württembergischen Landestheater. Auf einer richtigen, großen Bühne. Mit schönen Dekorationen und Projektionen. Und das Merkwürdigste war gewesen: Die Kinderrollen hatten Erwachsene gespielt! Den Emil beispielsweise »verkörperte« der später als Filmdarsteller bekannt gewordene Ernst Waldow, den lauten, lustigen Gustav mit der Hupe spielte damals der jetzige Intendant des Berliner Schiffbauerdammtheaters Fritz Wisten, den Professor stellte Rudolf Fernau dar und Pony Hütchen eine junge Dame, deren Namen mir entfallen ist. Sie waren natürlich viel bessere Schauspieler als die Jungen im Mörike-Lyzeum. Das ist kein Wunder. Es war schließlich ihr Beruf. Aber wie die Herren da oben auf der Bühne in ihren kurzen Hosen gleich minderjährigen Tirolern herumgesprungen waren, nein, das war bestimmt nicht so hübsch gewesen wie diesmal. Obwohl die Inszenierung viel teurer gewesen war und obwohl es den erwachsenen Schauspielern selber großen Spaß gemacht hatte …

Kinderrollen müssen von Kindern gespielt werden. Das ist eine Selbstverständlichkeit, die nicht allgemein bekannt ist. Und es ist die bescheidenste Forderung auf einer langen Liste von zum Teil wichtigen Forderungen. […] Die wichtigste Forderung lautet: Schafft in allen Städten ständige Kinder- und Jugendtheater! Das sagt sich leicht und ist schwer getan, ich weiß. Aber es genügt ganz einfach nicht, dass das verehrte Stadttheater vom Heiligabend bis Hohneujahr ein ballettgeschmücktes Weihnachtsmärchen vom Stapel lässt! Die Jugend braucht ihre eigenen ständigen Bühnen, und die besten Theaterleute sind hierfür gerade gut genug! Die besten Autoren, die besten Direktoren, die besten Regisseure und die besten Bühnenbildner! Das bedeutet freilich, dass die städtischen Behörden die Kindertheater finanziell unterstützen müssen. Denn vom Erlös der Billette kann und darf eine solche Bühne nicht leben. Im Gegenteil: der ideale Fall wäre der kostenlose Eintritt für alle Kinder und Schulen!

In diesen Häusern müsste vielerlei stattfinden: Theater, Marionettenspiele, Choraufführungen, Kinderopern, Kunstausstellungen, Ausstellungen von Kinderzeichnungen, Diskussionsabende und manches andere mehr. Alles müsste dem Ziele dienen, das weder im durchschnittlichen Elternhaus noch in der Schule erstrebt, geschweige denn erreicht wird: der musischen Erziehung unserer Jugend. Wir bestehen nämlich nicht nur aus dem Körper, der durch Sport und Wandern, und aus dem Geist, der in der Schule erzogen zu werden pflegt. Die wichtigsten und am ehesten ewigen Schöpfungen, die ein Volk hervorbringt, verdankt es jenem menschlichen Vermögen, das der »Spieltrieb« heißt. Ihm verdankt die Menschheit das Gedicht, das Drama, das Bild, die Statue, das Lied, die Symphonie und den Tanz. Erst eine musische Erziehung der deutschen Jugend wird die Schätze aufspüren und bloßlegen können, die ungeweckt im Verborgenen ruhen. Die »ständigen Kindertheater« wären ein gerader Weg zu einem besseren Deutschland.

Ein Kinderdorf entsteht

Auf der Heimfahrt [von Zürich], wieder auf deutschem Boden, übernachtete ich in der Baracke eines ehemaligen Arbeitsdienstlagers. Bis drei Uhr nachts wurde in den behelfsmäßig eingerichteten Räumen registriert, diktiert und getippt. Ein paar Stunden später war schon wieder alles auf den Beinen. Es wurde gesägt und gehämmert. Das Telefon klingelte. Ein altes Auto holperte geschäftig über den Wiesenweg nach Konstanz. Lachende Kinder winkten hinterdrein. Wo war ich hingeraten? Wörter wie »Manko-Listen« und »Deblockade-Scheine« beunruhigten mein Ohr. War ich unter die Räuber gefallen? Nein, unter die Idealisten! In dem Barackenlager von Wahlwies ackern und rackern Graf Albert Keyserlingk und seine Getreuen, damit das erste deutsche Kinderdorf entstehe. Verwaiste Flüchtlingskinder und heimatlose Halbwüchsige sollen hier ein neues Zuhause und Menschen finden, die ihnen lieb wie Eltern werden können. Eines Tages wird man eine eigene Schule haben. Handwerksmeister werden ihre Berufe lehren und ausüben. Der Töpfer ist schon gefunden. Sein Ofen wird bald eintreffen. Der Schweizer Dr. Fischer, der zum »Großvater« der Kinder nominiert worden ist, stellt große Fähigkeiten als Musikpädagoge zur Verfügung. Seine Frau wird die Gemeinde in der Kunst des Webens unterrichten. Keyserlingk, der Landwirt und Doktor der Medizin ist, zielt darauf ab, dass sich sein Kinderdorf später mit Hilfe handwerklicher und bäuerlicher Erzeugnisse möglichst zuschussfrei entwickeln und erhalten kann. Vorläufig freilich …

Vorläufig freilich fehlt es an allen Ecken und Enden. Als ich ankam, waren eben wieder sechs zusätzliche Betten mit Matratzen, Bezügen und Wolldecken »entstanden«. Und es herrschte im ganzen Lager eine mit heiterem Stolz untermischte reine Freude, der sich auch der Außenstehende nicht entziehen konnte. Platz für sechs weitere Kinder! Kurz darauf saßen die Organisatoren schon wieder stirnrunzelnd über Akten und Plänen. Schweizer Freunde berichteten, was ihre Organisationen zu bieten hätten. Von Bauholz und Lastwagen war die Rede. Von der Notwendigkeit und den Möglichkeiten, sechzig Bauhelfer unterzubringen und zu verpflegen. Von den Schülern aus Salem, die zum Wochenende kämen und Gartenland umgrüben. Von den Bedarfslisten, die in so und so vielfacher Ausfertigung nach Zürich mitgegeben werden müssten. Von den anderen Kinderdörfern, die über das bloße Projekt noch nicht hinausgeraten sind, und davon, wie wichtig es für diese Projekte sei, dass Wahlwies so schnell und solide wie möglich aus den Anfangsgründen herauswüchse.

Schweizer, Schlesier, Pfälzer und Sachsen, die Frauen und Mädchen ganz und gar nicht zu vergessen, leben hier unter Opfern, die von uns so leicht keiner brächte. Sie leben unter dem sanften Gesetz, das ihnen ihr Herz diktierte und das ihnen alles bedeutet: an den Kindern gutzumachen, was ihnen die Zeit zugefügt hat. Sie sind die legitimen Nachfahren Pestalozzis. Sie politisieren und kannegießern nicht. Sie kleben nicht am eigenen Vorteil. Sie halten sich nicht bei philanthropischen Theorien auf. Sie haben ihre Herzen und ihr

Geschick kühn in die Zukunft geworfen. Sie wissen, wie leicht man zur Salzsäule erstarrt, wenn man sich auf der Flucht nach zerstörten Städten und Ländern umdreht. Sie wissen's aus der Bibel und sehen's noch heute alle Tage.

Kein sehr schönes Spiel

Auf dem Weg zum Tennisplatz durchquere ich, wenn ich's eilig habe, einen Häuserblock mit einem Garten zwischendrin. Ein richtiger Häuserblock ist das freilich schon lange nicht mehr. Und auch mit dem Garten ist nicht mehr viel los. Ich muss über Ziegelhaufen und heruntergefallene Balkons klettern. Sandsteinfiguren, die vor Jahren oben auf dem Dachfirst balancierten, liegen mit gebrochenen Armen und Beinen im Gras. Die Haustore und Durchgänge riechen dumpf und modrig, und immer, auch wenn draußen die schönste Sonne scheint, tropft es von der Decke. Es ist, als liefe ich durch unterirdische Höhlen. Halbe Stockwerke hängen, gerade noch von rostigen, verbogenen Drähten und Trossen gehalten, schräg in der Luft. Morgen schon können sie herunterbrechen.

Ja, es ist eine abscheuliche Ruine, dieser Häuserblock! In den leeren Fensterrahmen wuchern Gras und Löwenzahn. Zwischen den zerbrochenen Sandsteinfiguren machen sich Brennnesseln breit. Im Jasmingebüsch liegen ein paar Zentralheizungsröhren. Eine staubige, muffige Elendslandschaft! Am liebsten miede ich den Block und den Garten. Aber erstens bin ich wirklich fast jedes Mal sehr spät dran, wenn ich von daheim fortgehe. Und zweitens habe ich neuerdings Bekannte in dem Garten. Es sind ein paar Kinder. Sie spielen in der gottverlassenen Ruine. Im Erdgeschoss ist ein Balkon heil geblieben. Auf diesem Balkon sitzen die Kinder, blass und recht armselig, schippen Sand mit Blumentopfscherben in leere Konservenbüchsen, zerzupfen Grashalme zu Spinat und machen aus Jasminblüten Gurkensalat. Das älteste Kind heißt Käte. Das kleinste heißt Purzel. Das weiß ich seit vorgestern. »Was spielt ihr denn da Schönes?«, fragte ich und blickte zu dem Balkon, den Scherben, Blechbüchsen und Kindern hinauf.

»Den Verlorenen Bruder«, sagte Purzel.

»Den Verlorenen Bruder? Meint ihr nicht den Verlorenen Sohn? Aus der Bibel?«

»Nein!«, erklärte ein blonder Junge. »Den Bruder, nicht den Sohn. Und auch nicht aus der Bibel!« Es klang etwas trotzig. Ich sah, dass dem Jungen zwei Finger fehlten. An der linken Hand. Als ich hinblickte, steckte er die Hand in die Tasche.

»Es ist so«, sagte Käte. »Der Bruder ist eben aus der Kriegsgefangenschaft zurückgekommen. Ich spiele die ältere Schwester. Die Eltern sind tot. Luftangriff, verstehen Sie. Nun ist Georg also wieder da. Drei Jahre lang hatten wir gedacht, er sei vermisst oder erfroren. Oder sonst etwas. Er hat aber bloß Wasser in den Füßen, und zwei Finger sind weg. Da ist er vom Bahnhof zu unserem alten Haus gehumpelt. Aber das Haus war nicht mehr da. Jemand aus der Nachbarschaft hat ihm erzählt, wo wir seitdem wohnen. In einem Keller, mit einem Stückchen Haus darüber und einem Schornstein, aus dem es raucht. Wir haben uns gerade alle schrecklich gefreut und für die letzten hundert Gramm Fleischmarken Rindslunge gekauft. Jetzt isst er sie, und wir sehen ihm zu und sind froh, weil es ihm schmeckt.«

»Aha«, sagte ich und war etwas betroffen. »Eigentlich kein sehr schönes Spiel, nicht?«

»Nein«, meinte ein kleines Mädchen. »Kein sehr schönes Spiel.« Sie heißt Herta und trägt, seit ich sie kenne, nichts als eine verschossene, gestopfte, viel zu weite Badehose.

Georg, der blonde Junge mit den acht Fingern, blickte mich fest, fast böse an. »Es gibt keine schönen Spiele, wie Sie das meinen. Wir kennen keine.«

»Aber, aber! Spielt ihr nicht manchmal ›Mutter und Kind‹?«

»Doch!«, rief die kleine Herta. »Mutter und Kind auf der Flucht und todmüde, und wie sie in einem Dorf bleiben wollen, kommen die Bauern und jagen sie fort. Oder Weihnachten in einer Baracke, und kein Licht und keine Kohlen, und die Kinder haben keine Milch und gar nichts. Und dann kommt ein Flugzeug und wirft Bonbons ab. Einen ganzen Sack voll. Und dann sieht uns ein Polizist und nimmt uns alles weg.«

»Oder Hungerstreik im Flüchtlingslager«, erklärte Georg. »Oder Schwarzhändler geben ein Fest.«

»Ja«, meinte Purzel aufgeregt. »Mit Bananen und Leberwurst und Himbeereis und überhaupt allem! Plötzlich klingelt das Telefon, und sie müssen ausreißen und die schönen Sachen im Stich lassen …«

Gleich und ungleich

Onkel Eduard wandelt gemessen durch den Wilden Westen Berlins. Die Gemessenheit hängt mit dem Himmel über ihm und einer Schuhsohle unter ihm zusammen. Beide sind nicht wasserdicht. Was aus den Wolken tröpfelt und in den Schuh sickert, ist zwar kaum der Nachrede wert. Trotzdem runzelt Eduard die Brauen. Der Regen, er ist auch nicht mehr der alte! Früher spielte er, hoch über den Straßen, mit virtuosem Anschlag auf der Klaviatur der Dächer seine graue Musik – heutzutage poltert und pladdert und schnattert er, trommelt in den Trümmern auf Blech, Eisen, Holz und Scherben wie ein Aushilfsmann am Schlagzeug … Die Menschen hasten über das zerborstene Pflaster und sehen alle miteinander aus wie Mäuse nach der Staupe. Gerupft, zerzaust, geflickt, gewendet, krumm, gelb. Das Niveau ist unter null gesunken. Die klassenlose Gesellschaft marschiert, obwohl Marschieren eigentlich gar nicht erlaubt ist. Onkel Eduard blickt die Menschen mitleidig an und denkt bei sich: Nun sind sie endlich alle gleich.

Am Stuttgarter Platz bleibt er stehen, um den Kindern zuzusehen, die dort spielen. Ein kleines Mädchen fährt auf einem Trittroller. Ein dicker Junge, mitten in einer rotznäsigen Gruppe, schreit plötzlich: »Nu is aba jenuch, Inge!« Inge bremst gehorsam, rollt aus, hält und gibt das Vehikel dem pausbäckigen Besitzer zurück. Willi, mit einem Kopf wie eine grüne Spargelspitze, greift zu. »Wat zahlste?«, fragt der Dicke. »’n Groschen«, antwortet der Spargelkopf. »Erst det Jeld, sonst is es nicht«, meint der Inhaber des Roller-Verleih-Instituts kühl. Der Spargelkopf blecht. »Drei Runden«, sagt Pausbäckchen und zählt, während der andere startet, die Einnahmen. »Schon fümnachzig Pfennche«, stellt er fest und blickt kapitalkräftig um sich. Die anderen glotzen ihn an. »Mensch!«, flüstert Inge fasziniert. Der Spargelkopf saust vorüber. »Noch zwei Runden«, kräht der Dicke, »denn ist Kurt an de Reihe!«

Onkel Eduard sieht die kleinen Menschen mitleidig an und denkt bei sich: Sie werden niemals gleich werden. Und während er gemessen durch den krakeelenden Sprühregen weiterwandelt, denkt er noch: Sie bleiben sich gleich, insofern sie ungleich bleiben.

Zur Entstehungsgeschichte des Lehrers

Als ich in den letzten Jahren der wilhelminischen Ära ein »Seminar« besuchte – so hießen damals die Lehrerbildungsanstalten –, war die Situation folgendermaßen: Da der Staat die Seminare finanziell unterstützte, bot deren Besuch für die begabten, bildungshungrigen Söhne des Handwerkerstandes, der Arbeiterschaft und des Kleinbauerntums die billigste, im Grunde die einzige erschwingbare Fortbildungsmöglichkeit. Die Folge war, dass wir Seminaristen in aller Augen, besonders in denen der übrigen »höheren« Schüler, »second class« waren. Der Staat tat das Seine. Wir kosteten ihn Geld, und so vermauerte er uns eine andere, vor allem eine akademische Berufswahl. Deshalb war unser Abgangszeugnis dem Abitur nicht gleichgestellt. Man tat das, obwohl unser Begabungsdurchschnitt und unser Wissensniveau unleugbar über dem Mittelwert der anderen Schulen lagen. Die uns eines Tages erwartenden bescheidenen Gehälter gaben unserem Ansehen den Rest. Sie unterhöhlten schließlich auch unsere Selbsteinschätzung, soweit davon noch die Rede sein konnte.

Auch unsere Professoren genossen geringeren Respekt als die Gymnasiallehrer, obwohl sie diesen an Wissen und Können völlig das Wasser reichten. Endlich war – und das ist das Ärgste – unsere Charakterbildung auf bedenkliche Ziele gerichtet. Am deutlichsten wurde dies im Internatsleben. Der Staat lenkte unsere Erziehung dorthin, wo er den größten Nutzeffekt sah. Er ließ in den Seminaren blindlings gehorsame, kleine Beamte mit Pensionsberechtigung heranziehen. Unser Unterrichtsziel lag nicht niedriger als das der Realgymnasien. Unsere Erziehung bewegte sich auf der Ebene der Unteroffiziersschulen. Das Seminar war eine Lehrerkaserne.

So war es nur folgerichtig, dass die Schüler, wenn sie auf den Korridoren einem Professor begegneten, ruckartig stehen blieben und stramm Front machen mussten. Dass sie in den Arbeitszimmern, wenn ein Lehrer eintrat, auf das zackige Kommando des Stubenältesten hin aufspringen mussten. Dass sie zweimal in der Woche nur eine Stunde Ausgang hatten. Dass nahezu alles verboten war und dass Übertretungen aufs strengste bestraft wurden. So stutzte man die Charaktere. So wurde das Rückgrat geschmeidig gemacht und, war das nicht möglich, gebrochen. Hauptsache war: Es entstand der gefügige, staatsfromme Beamte, der sich nicht traute, selbständig zu denken, geschweige zu handeln.

Wer sich nicht fügen wollte oder konnte, suchte, wenn sich ihm ein Ausweg bot, das Weite. Ich gehörte zu den Glücklichen. Ich besuchte, als ich nach dem Ersten Weltkrieg heimkam, ein Reformgymnasium und bekenne, nie im Leben wieder so gestaunt zu haben wie damals, als ich plötzlich Professoren erlebte, die sich während des Unterrichts zwischen ihre Schüler setzten und diese, auf die natürlichste Weise von der Welt, wie ihresgleichen behandelten. Ich war überwältigt. Zum ersten Mal erlebte ich, was Freiheit in der Schule war, und wie weit sie gestattet werden konnte, ohne die Ordnung zu gefährden. Die anderen, die wieder ins Seminar zurückgemusst hatten, wurden weiter zu Gehorsamautomaten gedrillt. Dann wurden sie Volksschullehrer und taten blind, was ihnen zu tun befohlen war. Und als dann eines Tages, nach 1933, die Befehle entgegengesetzt lauteten, hatten die meisten nichts entgegenzusetzen. Ihre Antwort war auch dann – blinder Gehorsam.

Pädagogik spaßeshalber
(Ein altes Kinderspiel, renoviert)

Das größte Kind muss an die Tafel schreiben.
Und dauernd ernst sein. Und den Lehrer machen.
Die andern Kinder dürfen Kinder bleiben.
Und sollen nur, wenn er's verbietet, lachen.

Dann gibt das große Kind zunächst den kleinen
ein schwieriges Diktat. Mit Das und Dass.
Die Mädchen müssen, wenn sie können, weinen.
Sonst machen sie die Hefte anders nass.

Dann folgt ein Ausflug. Über Perserbrücken.
Rund um den Tisch. Mit Rucksack und Gesang.
Und in den Vasen kann man Blumen pflücken.
Und wandert dreißigmal die Wand entlang.

Die Teppiche sind selbstverständlich Wiesen.
Hier wird gefrühstückt; und hier ruht man aus,
indes im Bad die Wasserfälle fließen.
Dann wandert man, rund um den Tisch, nach Haus.

Am schönsten ist natürlich das Examen.
Da hat der Lehrer einen Gehrock an
und fragt nach Wilhelm Tell und Städtenamen.
Und ob der Artur wohl den Handstand kann.

Dann gibt's Zensuren. Karl und Gustav schwitzen.
Doch Gustav bleibt in diesem Jahr verschont.
Nur Karl der Faule bleibt schon wieder sitzen.
Und sagt ganz laut: »Das bin ich nun gewohnt.«

Und dann sind Ferien. Und alle lachen.
Das große Kind zieht flugs den Gehrock aus
und hängt ihn in den Schrank, zu Vaters Sachen.
Denn: Vater kommt um diese Zeit nach Haus.

MAX. Wir bauen ein Stück, wie man einen Schrank baut.
KURT. Oder ein Haus! Da muss man tausend Dinge überlegen. Wie man unterkellert, und wo Süden ist, und die Anlage der Treppe, und die Türdurchbrüche, und die Anschlüsse ans Stromnetz, na ja, und noch viel mehr.
HELGA. Und zum Schluss wird's womöglich ein siebeneckiger Wohnwagen!
MAX. Mit lauter Nordfenstern!
FRITZ. Und einem Zwiebelturm obendrauf! [...]

Auf diese Weise unterhalten sich, an mehreren Abenden in der Woche, acht bis zehn junge Leute über das erste Stück, das sie zu schreiben versuchen und das sie dann, mit anderen jungen Leuten zusammen, aufführen wollen. Wo? In jenem Münchner Viertel, das Schwabing heißt. In der Internationalen Jugendbibliothek. In einem Hause, das der Jugend gehört. Worin es Tausende von Bilderbüchern aus aller Welt und Jugendbücher in vielerlei Sprachen gibt. Worin bunte Zeichnungen kleiner Mädchen aus Finnland neben Aquarellen persischer Buben an den Wänden hängen und wo, in Vitrinen, skurrile Keramiktiere aus einer Gräfelfinger Schule ihre Osterferien verbringen. Hier liest man, in Gruppen, die besten ausländischen Kinderbücher, unter Anleitung, in der Originalsprache. Hier sieht man, wie für Achtjährige überm Lesen die Umwelt versinkt; denn sie buchstabieren ja noch mit dem Herzen. Hier sitzen die Größeren beisammen und verfassen Buchkritiken; denn es wird höchste Zeit, dass Jugendbücher von Fachleuten, eben von der Jugend, beurteilt werden. Hier wird, vielleicht im Herbst, die erste Zusammenkunft zwischen diesen jungen Fachleuten und wichtigen Jugendbuchverlegern, -autoren und -illustratoren stattfinden – eine vielversprechende Begegnung.

Und hier zimmern nun auch junge Leute an ihrem ersten Theaterstück. […] Später wollen die Älteren für die Kinder ein eigenes Stück schreiben. Die Kleineren sind bereits böse, dass sie noch nicht an der Reihe sind. Sie brennen darauf, Theater zu spielen. Das Thema liegt auf der Hand. Denn unter den Kindern, die tagsüber die Bibliothek bevölkern, gibt es veritable Zwillinge! Monika und Angelika, die zwei Zehnjährigen, kann außer ihrer Mutter kein Sterblicher unterscheiden. Wenn das kein Ausgangspunkt für ein lustiges und spannendes Kinderstück ist!

Eines ist, glücklicherweise, allen Beteiligten, auch den angegrauten Hausfreunden und Gästen, völlig klar: Hier werden keine Kunstwerke gewollt, und es werden auch keine zustande kommen. Hier sollen keine künftigen Dramatiker, Spielleiter, Bühnenbildner und Schauspieler hochgepäppelt werden. […] Hier soll der jugendliche Spieltrieb sein Haus haben, aber kein Treibhaus! Behüte! Hier sollen sich die Gaben des Ausdrucks, des Urteils und des Geschmacks von Kind auf spielend entwickeln dürfen. Der Wert des Spiels und des Spielens kann gar nicht hoch genug eingeschätzt werden. Und das Bedürfnis danach? Das Bedürfnis danach ist so vehement, so elementar und so außerordentlich, dass der stille Beobachter noch stiller wird und fast erschrickt. Denn, so muss er sich fragen, und nicht nur sich, sondern auch die Erzieher, die Psychologen und die Schulministerien: Was richtet im Kind, noch mehr im Halbwüchsigen dieses natürliche und leidenschaftliche Spielbedürfnis an, wenn man es nicht befreit oder gar, wenn man es zu hintertreiben sucht und unterdrückt? Turnen und Sport dienen dem Körper. Der Unterricht pflegt den Verstand und bereichert das Wissen. Wie aber und wann bildet man den Trieb zur Anmut, die Launen der Phantasie und die musische Neigung? Mit dem Aufsagen von Gedichten, der Gesangstunde und der obligaten Weihnachtsaufführung ist es nicht getan. Wer sich der Entwicklung des jugendlichen Spieltriebs widersetzt, verhindert die Harmonie derer, die ihm anvertraut sind. Wer dem Drängen – und es ist ein echter Drang – in den Weg tritt, statt den Weg zu weisen, trägt die Schuld an den Folgen [...]. Der einzige Ausweg ist der positive Weg! Ihn gilt es, viel energischer als bisher, einzuschlagen. Die musische Erziehung, die verständige Pflege des Spieltriebs, die staatliche Anerkennung der kindlichen Phantasie und deren behutsame Ausbildung und Leitung durch künstlerisch und psychologisch Berufene – hierüber sollte nachgedacht werden, statt über die Definierung undefinierbarer Begriffe für [ein] Gesetz über Schmutz und Schund. Je mehr der Staat zum Mäzen der Jugend wird, umso weniger braucht er ihr Polizist zu sein. Mäzenatentum ist teuer? Auch die Schaffung und Durchführung wirkungsloser Gesetze kostet Geld. Es ist schade um dieses Geld. Und es ist schade um die Kinder.

Ansprache zum Schulbeginn

Liebe Kinder,
da sitzt ihr nun, alphabetisch oder nach der Größe sortiert, zum ersten Mal auf diesen harten Bänken, und hoffentlich liegt es nur an der Jahreszeit, wenn ihr mich an braune und blonde, zum Dörren aufgefädelte Steinpilze erinnert. Statt an Glückspilze, wie sich's eigentlich gehörte. Manche von euch rutschen unruhig hin und her, als säßen sie auf Herdplatten. Andre hocken wie angeleimt auf ihren Plätzen. Einige kichern blöde, und der Rotkopf in der dritten Reihe starrt, Gänsehaut im Blick, auf die schwarze Wandtafel, als sähe er in eine sehr düstere Zukunft.

Euch ist bänglich zumute, und man kann nicht sagen, dass euer Instinkt tröge. Eure Stunde X hat geschlagen. Die Familie gibt euch zögernd her und weiht euch dem Staate. Das Leben nach der Uhr beginnt, und es wird erst mit dem Leben selber aufhören. Das aus Ziffern und Paragraphen, Rangordnung und Stundenplan eng und enger sich spinnende Netz umgarnt nun auch euch. Seit ihr hier sitzt, gehört ihr zu einer bestimmten Klasse. Noch dazu zur untersten. Der Klassenkampf und die Jahre der Prüfungen stehen bevor. Früchtchen seid ihr, und Spalierobst müsst ihr werden! Aufgeweckt wart ihr bis heute, und einwecken wird man euch ab morgen! So, wie man's mit uns getan hat. Vom Baum des Lebens in die Konservenfabrik der Zivilisation – das ist der Weg, der vor euch liegt. Kein Wunder, dass eure Verlegenheit größer ist als eure Neugierde.

Hat es den geringsten Sinn, euch auf einen solchen Weg Ratschläge mitzugeben? Ratschläge noch dazu von einem Manne, der, da half kein Sträuben, genauso »nach Büchse« schmeckt wie andre Leute auch? Lasst es ihn immerhin versuchen, und haltet ihm zugute, dass er nie vergessen hat, noch je vergessen wird, wie eigen ihm zumute war, als er selber zum ersten Mal in der Schule saß. In jenem grauen, viel zu groß geratenen Ankersteinbaukasten. Und wie es ihm damals das Herz abdrückte. Damit wären wir schon beim wichtigsten Rat angelangt, den ihr euch einprägen und einhämmern solltet wie den Spruch einer uralten Gedenktafel:

Lasst euch die Kindheit nicht austreiben! Schaut, die meisten Menschen legen ihre Kindheit ab wie einen alten Hut. Sie vergessen sie wie eine Telefonnummer, die nicht mehr gilt. Ihr Leben kommt ihnen vor wie eine Dauerwurst, die sie allmählich aufessen, und was gegessen worden ist, existiert nicht mehr. Man nötigt euch in der Schule eifrig von der Unter- über die Mittel- zur Oberstufe. Wenn ihr schließlich droben steht und balanciert, sägt man die »überflüssig« gewordenen Stufen hinter euch ab, und nun könnt ihr nicht mehr zurück! Aber müsste man nicht in seinem Leben wie in einem Hause treppauf und treppab gehen können? Was soll die schönste erste Etage ohne den Keller mit den duftenden Obstborden und ohne das Erdgeschoss mit der knarrenden Haustür und der scheppernden Klingel? Nun – die meisten leben so! Sie stehen auf der obersten Stufe, ohne Treppe und ohne Haus, und machen sich wichtig. Früher waren sie Kinder, dann wurden sie Erwachsene, aber was sind sie nun? Nur wer erwachsen wird und Kind bleibt, ist ein Mensch!

 Wer weiß, ob ihr mich verstanden habt. Die einfachen Dinge sind so schwer begreiflich zu machen! Also gut, nehmen wir etwas Schwierigeres, womöglich begreift es sich leichter. Zum Beispiel:

Haltet das Katheder weder für einen Thron noch für eine Kanzel! Der Lehrer sitzt nicht etwa deshalb höher, damit ihr ihn anbetet, sondern damit ihr einander besser sehen könnt. Der Lehrer ist kein Schulwebel und kein lieber Gott. Er weiß nicht alles, und er kann nicht alles wissen. Wenn er trotzdem allwissend tut, so seht es ihm nach, aber glaubt es ihm nicht! Gibt er hingegen zu, dass er nicht alles weiß, dann liebt ihn! Denn dann verdient er eure Liebe. Und da er im Übrigen nicht eben viel verdient, wird er sich über eure Zuneigung von Herzen freuen. Und noch eins: Der Lehrer ist kein Zauberkünstler, sondern ein Gärtner. Er kann und wird euch hegen und pflegen. Wachsen müsst ihr selber!

Nehmt auf diejenigen Rücksicht, die auf euch Rücksicht nehmen! Das klingt selbstverständlicher, als es ist. Und zuweilen ist es furchtbar schwer. In meine Klasse ging ein Junge, dessen Vater ein Fischgeschäft hatte. Der arme Kerl, Breuer hieß er, stank so sehr nach Fisch, dass uns anderen schon übel wurde, wenn er um die Ecke bog. Der Fischgeruch hing in seinen Haaren und Kleidern, da half kein Waschen und Bürsten. Alles rückte von ihm weg. Es war nicht seine Schuld. Aber er saß, gehänselt und gemieden, ganz für sich allein, als habe er die Beulenpest. Er schämte sich in Grund und Boden, doch auch das half nichts. Noch heute, fünfundvierzig Jahre danach, wird mir flau, wenn ich den Namen Breuer höre. So schwer ist es manchmal, Rücksicht zu nehmen. Und es gelingt nicht immer. Doch man muss es stets von neuem versuchen.

Seid nicht zu fleißig! Bei diesem Ratschlag müssen die Faulen weghören. Er gilt nur für die Fleißigen, aber für sie ist er sehr wichtig. Das Leben besteht nicht nur aus Schularbeiten. Der Mensch soll lernen, nur die Ochsen büffeln. Ich spreche aus Erfahrung. Ich war als kleiner Junge auf dem besten Wege, ein Ochse zu werden. Dass ich's, trotz aller Bemühung, nicht geworden bin, wundert mich heute noch. Der Kopf ist nicht der einzige Körperteil. Wer das Gegenteil behauptet, lügt. Und wer die Lüge glaubt, wird, nachdem er alle Prüfungen mit Hochglanz bestanden hat, nicht sehr schön aussehen. Man muss nämlich auch springen, turnen, tanzen und singen können, sonst ist man, mit seinem Wasserkopf voller Wissen, ein Krüppel und nichts weiter.

Lacht die Dummen nicht aus! Sie sind nicht aus freien Stücken dumm und auch nicht zu eurem Vergnügen. Und prügelt keinen, der kleiner und schwächer ist als ihr! Wem das ohne nähere Erklärung nicht einleuchtet, mit dem möchte ich nichts zu tun haben. Nur ein wenig warnen will ich ihn. Niemand ist so gescheit oder so stark, dass es nicht noch Gescheitere und Stärkere als ihn gäbe. Er mag sich hüten. Auch er ist, vergleichsweise, schwach und ein rechter Dummkopf.

Misstraut gelegentlich euren Schulbüchern! Sie sind nicht auf dem Berge Sinai entstanden, meistens nicht einmal auf verständige Art und Weise, sondern aus alten Schulbüchern, die aus alten Schulbüchern entstanden sind, die aus alten Schulbüchern entstanden sind, die aus alten Schulbüchern entstanden sind. Man nennt das Tradition. Aber es ist ganz etwas anderes. Der Krieg zum Beispiel findet heutzutage nicht mehr wie in Lesebuchgeschichten statt, nicht mehr mit geschwungener Plempe und auch nicht mehr mit blitzendem

Kürass und wehendem Federbusch wie bei Gravelotte und Mars-la-Tour. In manchen Lesebüchern hat sich das noch nicht herumgesprochen. Glaubt auch den Geschichten nicht, worin der Mensch in einem fort gut ist und der wackre Held vierundzwanzig Stunden am Tage tapfer! Glaubt und lernt das, bitte, nicht, sonst werdet ihr euch, wenn ihr später ins Leben hineintretet, außerordentlich wundern! Und noch eins: Die Zinseszinsrechnung braucht ihr auch nicht mehr zu lernen, obwohl sie noch auf dem Stundenplan steht. Als ich ein kleiner Junge war, mussten wir ausrechnen, wie viel Geld im Jahre 1925 aus einem Taler geworden sein würde, den einer unserer Ahnen anno 1525, unter der Regierung Johanns des Beständigen, zur Sparkasse gebracht hätte. Es war eine sehr komplizierte Rechnerei. Aber sie lohnte sich. Aus dem Taler, bewies man uns, entstünde durch Zinsen und Zinseszinsen das größte Vermögen der Welt! Doch dann kam die Inflation, und im Jahre 1925 war das größte Vermögen der Welt samt der ganzen Sparkasse keinen Taler mehr wert. Aber die Zinseszinsrechnung lebte in den Rechenbüchern munter weiter. Dann kam die Währungsreform, und mit dem Sparen und der Sparkasse war es wieder Essig. Die Rechenbücher haben es wieder nicht gemerkt. Und so wird es Zeit, dass ihr einen Rotstift nehmt und das Kapitel »Zinseszinsrechnung« dick durchstreicht. Es ist überholt. Genauso wie die Attacke auf Gravelotte und der Zeppelin. Und wie noch manches andere. – Da sitzt ihr nun, alphabetisch oder nach der Größe geordnet, und wollt nach Hause gehen. Geht heim, liebe Kinder! Wenn ihr etwas nicht verstanden haben solltet, fragt eure Eltern! Und, liebe Eltern, wenn Sie etwas nicht verstanden haben sollten, fragen Sie Ihre Kinder!

Berlin und die Detektive

Als ich das Kinderbuch *Emil und die Detektive* schrieb, schrieb unser Jahrhundert das Jahr 1928. Ich wusste damals noch nicht, dass das Buch ein Erfolg, und das zwanzigste Jahrhundert wusste noch nicht, dass es ein Misserfolg werden würde. So war jeder von uns beiden auf seine Weise beschäftigt. Und hinterher ist man bekanntlich gescheiter. Hoffentlich.

1930 wurde dann, auf den historisch authentischen Straßen und Plätzen, der *Emil*-Film gedreht. Mit waschecht Berliner Kindern. Ich schrieb längst an anderen Büchern, hatte andere Dinge im Kopf und erlebte eines schönen Tages an der Ecke Kaiserallee und Trautenaustraße eine seltsame Geschichte …

Eigentlich wollte ich mit der Linie 177 nach Steglitz fahren. Nicht, dass ich in Steglitz etwas Besonderes zu erledigen gehabt hätte. Aber ich gehe gern in Stadtvierteln spazieren, die ich nicht kenne und in denen man mich nicht kennt. Ich bilde mir dann ein, ich sei irgendwo in der Fremde. Und wenn ich mich dann so richtig einsam und verlassen fühle, fahre ich rasch wieder heim und trinke in meiner Wohnung gemütlich Kaffee.

So bin ich nun einmal.

Aber aus meiner Steglitzer Weltreise sollte an diesem Tage nichts werden. Denn als die Straßenbahn kam und bremste und ich gerade auf den Vorderwagen klettern wollte, stieg ein merkwürdiger Mann ab. Er hatte einen steifen schwarzen Hut auf und blickte sich um, als habe er ein ziemlich angeschmutztes Gewissen. Er lief rasch an dem Vorderwagen vorbei, überquerte die Straße und ging zum Café Josty hinüber.

Ich schaute gedankenvoll hinter dem Mann her.

»Wollen Sie mitfahren?«, erkundigte sich der Schaffner bei mir.

»Ich bin so frei«, meinte ich.

»Na, dann beeilen Sie sich ein bisschen!«, sagte der Schaffner streng.

Aber ich beeilte mich keineswegs, sondern blieb wie angewurzelt stehen und starrte entgeistert auf den Anhängerwagen.

Von diesem Anhänger kletterte nämlich ein Junge herunter. Er trug einen Koffer und einen in Seidenpapier gewickelten Blumenstrauß und blickte sich nach allen Seiten um. Dann schleppte er den Koffer hinter den Zeitungskiosk, der sich an der Ecke befindet, setzte sein Gepäck ab und musterte die Umgebung.

Der Schaffner wartete noch immer auf mich. »Nun reißt mir aber die Geduld«, sagte er dann. »Wer nicht will, der hat schon!« Er zog an der Klingelschnur, und die Straßenbahn 177 fuhr ohne meine werte Person nach Steglitz.

Der Herr im steifen Hut hatte auf der Terrasse des Cafés Platz genommen und sprach mit einem Kellner. Der Junge guckte vorsichtig hinter dem Kiosk hervor und ließ den Mann nicht aus den Augen.

Ich stand noch immer am gleichen Fleck und sah wie ein Ölgötze aus. (Hat übrigens jemand eine Ahnung, wie Ölgötzen aussehen? Ich nicht.) Das war ja allerhand! Vor zwei Jahren waren Herr Grundeis und Emil Tischbein an genau derselben Ecke aus der Straßenbahn gestiegen. Und jetzt passierte die ganze Sache noch einmal? Da musste doch wohl ein Irrtum vorliegen.

Ich rieb mir die Augen und blickte wieder zum Café Josty hin. Aber der Mann im steifen Hut saß noch immer da! Und der Junge hinterm Kiosk setzte sich müde auf seinen Koffer und zog ein betrübtes Gesicht.

Ich dachte: Das Beste wird sein, wenn ich zu dem Jungen hingehe und frage, was das Ganze bedeuten soll. Und wenn er mir erzählt, man hätte ihm hundertvierzig Mark gestohlen, klettre ich auf den nächsten Baum.

Ich ging also zu dem Jungen, der auf dem Koffer saß, und sagte: »Guten Tag. Wo fehlt's denn?«

Aber er schien nicht nur auf dem Koffer, sondern auch auf den Ohren zu sitzen. Er antwortete nicht und blickte unausgesetzt nach dem Café hinüber. »Hat man dir vielleicht zufällig hundertvierzig Mark gestohlen?«, fragte ich.

Da blickte er auf, nickte und sagte: »Jawohl. Der Halunke dort drüben auf der Terrasse, der war's.«

Ich wollte gerade mit dem Kopf schütteln und dann, weil ich's mir vorgenommen hatte, auf den nächsten Baum klettern, als es laut hupte. Wir fuhren erschrocken herum. Doch hinter uns stand gar kein Auto, sondern ein Junge, der uns auslachte.

»Was willst du denn hier?«, fragte ich.

Er hupte noch einmal und meinte: »Mein Name ist Gustav.«

Mir blieb die Spucke weg. Das war ja ein tolles Ding! Träumte ich auch ganz bestimmt nicht?

Da kam ein fremder Mann quer über die Trautenaustraße gerannt, fuchtelte mit den Armen, blieb dicht vor mir stehen und brüllte: »Machen Sie sich gefälligst schwach! Mischen Sie sich nicht in fremde Angelegenheiten! Sie schmeißen uns ja die ganze Außenaufnahme!«

»Was denn für 'ne Außenaufnahme?«, fragte ich neugierig.

»Sie sind ja reichlich begriffsstutzig«, meinte der wütende Mann.

»Das ist bei mir ein Geburtsfehler«, entgegnete ich.

Die beiden Jungen lachten. Und Gustav mit der Hupe sagte zu mir: »Mann, wir drehen doch hier einen Film!«

»Natürlich«, erwiderte der Junge mit dem Koffer. »Den *Emil*-Film. Und ich bin der Emil-Darsteller.«

»Sehen Sie zu, dass Sie weiterkommen«, bat mich der Filmonkel. »Zelluloid ist teuer.«

»Entschuldigen Sie die kleine Störung«, antwortete ich. Dann ging ich meiner Wege.

Der Mann rannte zu einem großen Auto, auf dem eine Filmkamera montiert war und auf dem der Kameramann stand und nun wieder zu kurbeln begann.

Ich spazierte nachdenklich zum Nikolsburger Platz und setzte mich auf eine der Bänke. Dort blieb ich lange sitzen und blickte leicht verblüfft vor mich hin. Ich hatte zwar gewusst, dass die Geschichte von *Emil und den Detektiven* verfilmt werden sollte. Aber ich hatte es wieder vergessen. Na, und wenn man eine Geschichte wie diese nach zwei Jahren zum zweiten Mal erlebt, mit Koffern, Blumensträußen und Hupen und steifen Hüten – ein Wunder ist es nicht, wenn einem die Augen vor Staunen aus dem Kopf treten …

Plötzlich setzte sich ein sehr großer, hagerer Herr zu mir. Er war älter als ich, trug einen Kneifer und blickte mich lächelnd an. Nachdem er ein Weilchen gelächelt hatte, sagte er: »Eine verrückte Sache, hm? Man denkt, man erlebt etwas Wirkliches. Und dabei ist es nur etwas Nachgemachtes.« Dann sagte er, glaube ich, noch, die Kunst sei eine Fiktion der Realität.

Aber er meinte es nicht böse. Und so redeten wir eine Zeitlang gescheit daher. Als uns diesbezüglich nichts mehr einfiel, meinte er: »Nachher wird hier auf unsrer friedlichen Bank der Kriegsrat der Detektive abgehalten werden.«

»Woher wissen Sie denn das? Sind Sie auch vom Film?«

Er lachte. »Nein. Die Sache liegt anders. Ich warte hier auf meinen Sohn. Der will die Filmaufnahmen begutachten. Er war nämlich damals einer von den richtigen Detektiven.«

Ich wurde munter und betrachtete meinen Nachbarn genauer. »Gestatten Sie, dass ich zu raten versuche, wer Sie sind?«

»Ich gestatte«, meinte er vergnügt.

»Sie sind Justizrat Haberland, der Vater vom Professor!«

»Erraten!«, rief er. »Aber woher wissen Sie denn das? Haben Sie das Buch *Emil und die Detektive* gelesen?«

Ich schüttelte den Kopf. »Nein. Ich habe es geschrieben.«

Das freute den Justizrat außerordentlich. Und binnen weniger Minuten unterhielten wir uns, als kennten wir uns seit der Konfirmation. Und ehe wir's uns versahen, stand ein Gymnasiast vor der Bank und zog seine Schülermütze.

»Da bist du ja, mein Junge«, sagte Justizrat Haberland.

Ich erkannte den Professor auf den ersten Blick wieder. Er war seit damals gewachsen. Nicht sehr, aber immerhin. Ich hielt ihm die Hand entgegen.

»Das ist doch Herr Kästner«, meinte er.

»Das ist er«, rief ich. »Und wie gefallen dir die Filmaufnahmen, die sie von eurer Geschichte machen?«

Der Professor rückte seine Brille zurecht. »Sie geben sich alle Mühe. Kann man nicht leugnen. Aber ein Film wie dieser müsste selbstredend von Jungens geschrieben und gedreht werden. Erwachsene haben da nichts zu suchen.«

Sein Vater, der Justizrat, lachte. »Er heißt noch immer der Professor. Aber eigentlich müsste er längst der ›Geheimrat‹ genannt werden.«

Na, und dann setzte sich der Professor zwischen uns und erzählte mir von seinen Freunden. Von Gustav mit der Hupe, der inzwischen zu seiner Hupe ein Motorrad bekommen habe. Und vom kleinen Dienstag. Dessen Eltern seien nach Dahlem hinausgezogen. Er komme aber noch oft in die Stadt, weil es ihm ohne seine alten Kameraden nicht gefalle. Und von Bleuer und Mittenzwey und Mittendrei und von Traugott und Zerlett. Ich erfuhr eine Menge Neuigkeiten. Und der böse Petzold sei immer noch derselbe tückische, ekelhafte Lümmel wie vor zwei Jahren. Dauernd hätten sie mit dem Kerl ihren Ärger. »Was sagen Sie übrigens dazu?«, meinte der Professor dann. »Ich bin Hausbesitzer geworden.« Er setzte sich gerade und sah furchtbar stolz aus. »Ich bin fast dreimal so alt wie du«, sagte ich, »und ich bin noch immer kein Hausbesitzer. Wie hast du das bloß gemacht?«

»Er hat geerbt«, erklärte der Justizrat. »Von einer verstorbenen Großtante.«

»Das Haus steht an der Ostsee«, erzählte der Professor glücklich. »Und im nächsten Sommer lade ich Emil und die Detektive zu mir ein.« Er machte eine Pause. »Das heißt, wenn's meine Eltern erlauben.«

Der Justizrat blickte seinen Sohn von der Seite an. Und es sah sehr ulkig aus, wie sie einander gegenseitig durch ihre Brillengläser musterten. »Wie ich deine verehrten Eltern kenne«, meinte dann der Justizrat, »werden sie nicht zu widersprechen wagen. Das Haus gehört dir. Ich bin nur der Vormund.«

»Abgemacht!«, sagte der Professor. »Und wenn ich später heiraten und Kinder kriegen werde, benehme ich mich zu ihnen genauso wie du zu mir.«

»Vorausgesetzt, dass du so vorbildliche Kinder kriegst wie dein Vater«, erklärte der Justizrat Haberland.

Der Junge lehnte sich dicht an den Justizrat und meinte: »Vielen Dank.«

Damit war das Gespräch erledigt. Wir standen auf und gingen alle drei nach der Kaiserallee. Auf der Terrasse vom Café Josty stand der Schauspieler, der Herrn Grundeis zu spielen hatte. Er hatte seinen steifen Hut abgenommen und trocknete sich die Stirn mit dem Taschentuch. Vor ihm standen der Regisseur, der Kameramann und jener Mann, der mich am Zeitungskiosk so angeschnauzt hatte.

»Das halte ich nicht länger aus«, rief der Schauspieler, der den Herrn Grundeis zu spielen hatte, ärgerlich. »Davon wird man ja magenkrank! Zwei Eier im Glas soll ich essen! Das steht im Film-Manuskript. Zwei Eier! Nicht mehr! Nun hab ich schon acht Eier gefressen, und ihr seid mit der Aufnahme noch immer nicht zufrieden!«

»Das hilft nun alles nichts«, sagte der Regisseur. »Die Aufnahme muss immer noch einmal gemacht werden, mein Lieber.«

Der Schauspieler setzte sich den steifen Hut auf, blickte gequält zum Himmel empor, winkte dem Kellner und erklärte traurig: »Herr Ober, bitte noch zwei Eier im Glas!« Der Kellner notierte die Bestellung, schüttelte den Kopf und sagte: »Das wird aber ein teurer Film!« Dann machte er sich aus dem Staube.

Ja, das war noch eine lustige Zeit. Doch es sollte nicht so bleiben. 1943 verschwand das Café Josty vom Erdboden. Der Prager Platz verschwand. Und auch vom Nikolsburger Platz blieb nicht viel übrig. Gustav mit der Hupe und der kleine Dienstag fielen in Russland. Der Professor wurde Schauspieler und Regisseur in Israel. Und die Kaiserallee erhielt einen anderen Namen. Berlin wurde geteilt. Und Freud und Leid der Berliner wurden geteilt. Doch ihre geteilte Freude ist keine doppelte Freude, und ihr geteiltes Leid ist kein halbes Leid. Sogar die Sprichwörter stimmen nicht mehr.

Was ist geblieben? Die Berliner sind geblieben, und ihre Kinder sind, links wie rechts vom Potsdamer Platz, noch immer Berliner Kinder. Sie lassen sich nicht einfach so und so einfach ändern wie Straßennamen.

Beim Betrachten von Kinderfotos

Anno 1902 wurde ich zum ersten Male fotografiert. Die Mama zog mir mein blaues Matrosenkleidchen mit dem weißen Pikeekragen an, schwarze Strümpfe und Schnürschuhe, und dann gingen wir zu Herrn Patitz, der in der Bautzener Straße ein »Atelier für künstlerische Portrait-Photographie« besaß. Mir war unbehaglich zumute, und ich hatte ganz recht. Meister Patitz stellte ein kleines Segelschiff auf eine Konsole und mich auf den Teppich. Dann legte er meine rechte Hand auf das Schiff, schloss halb die Augen und grübelte, was mit meiner Linken geschehen solle. Dass er mit meiner Linken nichts Rechtes anzufangen wusste, erkennt man heute noch. Auch mir selber fiel nichts Passendes ein. Schließlich war ich erst drei Jahre alt und in Allüren völlig unerfahren. Ich hielt also die Hand unentschlossen etwa in Gürtelhöhe und hob, zwangsläufig, die Schulter. Nun stand ich also windschief, verlegen und wie angeleimt neben dem Segelboot und erhielt den Auftrag, mich nicht zu rühren.

Der Künstler Patitz steckte, hinter dem monströsen Apparat, den Kopf unter ein schwarzes Tuch, knurrte zufrieden, kroch wieder hervor und stellte nun seine letzte Bedingung: Ich solle lächeln! Da ich, in meiner keineswegs beneidenswerten Lage, nicht einsah, warum ich lächeln sollte, blieb ich ernst. Auf solche Fälle schien der Meister eingerichtet zu sein. Er nahm einen Hampelmann in die Hand, steckte den Kopf erneut unter das schwarze Tuch, wedelte, nunmehr kopflos, mit dem Hampelmann in der Luft herum und rief, vorbildlich vergnügt: »Huhuh! Guckguck! Huhuh! Guckguck!« Nach der Fotografie zu urteilen, die, nun vierundfünfzig Jahre später und vorzüglich erhalten, neben mir liegt, konnten mich auch Patitzens Zurufe nicht sonderlich aufheitern. Auf dem rundlichen Kindergesicht mit der Ponyfrisur liegt eine auffallend freundliche Ratlosigkeit und zeugt seit mehr als einem halben Jahrhundert davon, wie geduldig Kinder sein können. Herr Patitz drückte dann auf einen kleinen Gummiballon, zählte langsam vor sich hin, kroch unter dem schwarzen Tuch hervor, schloss die Kassette, notierte Mamas Auftrag (»Zwölf Abzüge Visitformat«) und brachte uns großmütig zur Tür. Die Tortur war vorüber. Wir waren erlöst. Eine Woche später schickte er die Bilder. Und die Eltern, die Großeltern, die Tanten und Onkels hatten ihre helle und dauerhafte Freude daran. Sie steckten das Foto in das gewaltige presslederne Familienalbum und betrachteten es, unter Zuhilfenahme verregneter Sonn- und Feiertage, so lange und gründlich, bis sie entdeckten, was Meister Patitz vergeblich hatte festhalten wollen: den Charakter eines dreijährigen Jungen.

Heute »photographiert« man die Kinder nicht mehr. Man »knipst« sie, und sie merken's gar nicht. Sie staunen, sie fürchten sich, sie grübeln, sie sind zärtlich oder verstockt, sie lachen, sie weinen, sie strecken die Zunge heraus – und schon ist der Moment fixiert! Meist ist es ein flüchtiger Moment, aber manchmal ist es der richtige Augenblick! Dann ist in einer Hundertstelsekunde das gelungen, was Herrn Patitz vor einem halben Jahrhundert nicht gelingen konnte. Seine mühselige Prozedur, die das Modell zum Patienten machte, ließ den natürlichen Ausdruck und den richtigen Augenblick nicht zu.

So wäre es, wie sonst selten, am Platze, von echtem Fortschritt zu reden, wenn nicht nur die Kamera Fortschritte gemacht hätte, sondern auch unser Auge. Wenn der Mensch mit seinen Erfindungen Schritt halten könnte. Er kann es nicht. Der flüchtige Blick der Kamera kann der richtige und wichtige Moment sein. Aber unser flüchtiger Blick auf ein solches Bild bleibt, in jedem Fall, ein flüchtiger Blick. Die gelungene Moment-Aufnahme gibt es. Die entsprechend gelungene Moment-Betrachtung gibt es nicht. Doch die Technik zwingt dem Menschen, die Produktion zwingt dem Konsum, die Kamera zwingt dem Auge ihr Tempo auf. Wir haben uns mit uns selber in einen Wettbewerb eingelassen, dem wir nicht gewachsen sind. Wir sind auf dem Wege, sehenden Auges blind zu werden.

Es sei denn, wir anerkennen einen zwiefachen Rhythmus. Es sei denn, wir setzen dem Tempo der Automaten das Gefühl für Zeit entgegen. Es sei denn, wir betrachten das Werk einer Hundertstelsekunde mit der liebevollen Geduld unserer Großeltern.

Alter Herr, anno 1970

Ich war einmal ein Kind. Genau wie ihr.
Ich war ein Mann. Und jetzt bin ich ein Greis.
Die Zeit verging. Ich bin noch immer hier
und möchte gern vergessen, was ich weiß.

Ich war ein Kind wie ihr. Nun bin ich mürbe.
Wer lange lebt, hat eines Tags genug.
Ich hätte nichts dagegen, wenn ich stürbe.
So müde bin ich! Andre nennen's: klug.

Ach, ich sah manches Stück im Welttheater.
Ich war einmal ein Kind, wie ihr es seid.
Ich war einmal ein Mann wie euer Vater.
Und meistens war es schade um die Zeit.

Ich könnte euch Verschiedenes erzählen,
was nicht in euren Lesebüchern steht.
Geschichten, welche im Geschichtsbuch fehlen,
sind immer die, um die sich alles dreht.

Wir hatten Krieg. Wir sahen, wie er war.
Wir litten Not. Wir sah'n, wie sie entstand.
Die großen Lügen wurden offenbar.
Wir sah'n das Menetekel an der Wand.

Wir hofften. Doch die Hoffnung war vermessen.
Und die Vernunft blieb wie ein Stern entfernt.
Die nach uns kamen, hatten schnell vergessen.
Die nach uns kamen, hatten nichts gelernt.

Und nun kommt ihr. Ich kann euch nichts vererben.
Ich kann nicht helfen, und ich möchte sterben.
Macht, was ihr wollt. Doch merkt euch dieses Wort:
Vernunft muss sich ein jeder selbst erwerben,
und nur die Dummheit pflanzt sich gratis fort!

Anhang

Anmerkungen

Die bibliographischen Angaben nach den einzelnen Texten geben die Quelle an, der der Text entnommen wurde. Zusätzlich werden Ort und Zeit des Erstdrucks genannt. Für weitergehende Angaben siehe Johan Zonneveld, *Bibliographie Erich Kästner*, Bd. I–III, Aisthesis Verlag, Bielefeld 2011, 2443 S.

Ohne Verfassernennung aufgeführte Werke sind von Erich Kästner. Auslassungen innerhalb der ausgewählten Textpassagen sind mit Klammern [...] gekennzeichnet. Kästners Werke für Erwachsene sind in Einzelausgaben lieferbar im Atrium Verlag, die Bücher für Kinder im Dressler Verlag. Die neunbändige Werkausgabe – Erich Kästner, *Werke*. Herausgegeben von Franz Josef Görtz. Bd. I–IX – erschien 1998 im Hanser Verlag, München/Zürich, die Lizenzausgabe 2004 im Deutschen Taschenbuch Verlag, München. Dient sie als Textvorlage, erscheint in den bibliographischen Angaben die jeweilige Band- und Seitenzahl (I, S. 304 f.).

7 *Nur wer erwachsen wird und Kind bleibt, ist ein Mensch*

(Seitenangaben ohne Nennung einer Quelle beziehen sich auf die vorliegende Ausgabe.)

Der Titel ist ein Zitat aus: *Ansprache zum Schulbeginn,* in: *Die kleine Freiheit,* II, S. 195. Erstdruck: *Mannheimer Morgen,* 28.3.1950.

»Die meisten vergessen ihre Kindheit …«: Die vier archimedischen Punkte. Kleine Neujahrs-Ansprache vor jungen Leuten, in: *Die kleine Freiheit,* II, S. 283. Erstdruck: *Hamburger Echo,* 21.1.1950.

»Dass wir wieder werden wie die Kinder …«: Resignation ist kein Gesichtspunkt, in: *Reden und Vorreden,* VI, S. 601. Erstdruck: *Die Neue Zeitung,* 28.1.1953, u.d.T. *»Das Jahrhundert des Kindes?« Zu einer Ausstellung kindlicher Malerei aus Israel.* Ansprache in der Internationalen Jugendbibliothek zur Ausstellungseröffnung.

»Der gute Kinderbuchautor« …: Einiges über Kinderbücher. Zur Einweihung der Erich-Kästner-Schule in Rodheim v.d.H. am 20. August 1966, in: *Reden und Vorreden. Gesammelte Schriften für Erwachsene,* Bd. 8, Droemer Knaur, München/Zürich 1969, S. 332f. Erstdruck: *Festschrift zur Einweihung der Erich-Kästner-Schule (Mittelpunktschule) in Rodheim vor der Höhe am 20. August 1966.*

Nur die wahrhafte …: Die vier archimedischen Punkte, II, S. 283. Vgl. auch: *Zur Naturgeschichte des Jugendschriftstellers. Rede zur Verleihung des Hans Christian Andersen-Preises in Luxemburg, 1960,* in: *Reden und Vorreden,* VI, S. 662. Erster vollständiger Abdruck: *Jugendliteratur. Monatshefte für Jugendliteratur,* Jg. 6, H. 11, November 1960.

»und nicht für minderjährige Erwachsene«: Die Jugend und ihre Dichter, in: *Nimm und Lies.* Neue Bücher des Monats, Börsenverein der Deutschen Buchhändler zu Leipzig (Hg.), Jg. 7, H. 2, Februar 1930.

»Turnen und Sport …«: s. S. 156.

»verdankt die Menschheit …«: s. S. 140.

fünf »renovierte« alte Kinderspiele: Der Doktor kommt, Mutter und Kind (beide in: *Herz auf Taille*), *Verhinderte Weihnachten, Pädagogik spaßeshalber, Hochzeitmachen* (in: *Lärm im Spiegel*).

»Meine Liebe zum Theater …«: Als ich ein kleiner Junge war. Der ungefähre Tageslauf eines ungefähr Achtjährigen, VII, S. 80. Erstdruck: *Als ich ein kleiner Junge war.* Roman. Atrium Verlag, Zürich 1957.

»Gebinde aus Gänseblümchen …«: Kästner über Kästner, in: *Die kleine Freiheit,* II, S. 325. Erstdruck: *Deutsche Rundschau,* Jg. 75, April 1949.

11 Kleine Epistel
Die kleine Freiheit, II, S. 211 f. Erstdruck: *Pinguin*, Jg. 4, H. 4, April 1949.

13 Der vergessliche Christoph
Erstdruck: *Beyers für Alle/Kinderzeitung*, Jg. 1, H. 13, 21. 6. 1928. Das Thema »vergessener Muttergeburtstag« hat Kästner mehrfach variiert. Am bekanntesten ist die Episode aus *Pünktchen und Anton* (9. und 10. Kap.). *Der vergessliche Christoph* ist die früheste Fassung, die wir kennen. Nur eine Woche später, am 28. 6. 1928, veröffentlichte Kästner im *Berliner Tageblatt* eine längere und sehr viel melodramatischere Erzählung zum selben Thema (*Ein Kind hat Kummer*), die er 1961 in den Sammelband *Das Schwein beim Friseur und anderes* aufnahm.

16 Der kleine Erich und seine Freunde
Als ich ein kleiner Junge war. Der ungefähre Tageslauf eines ungefähr Achtjährigen, VII, S. 74–79 (Auszug).

24 Peter
Kindergeschichten für Erwachsene, VII, S. 185–190. Erstdruck: *Berliner Tageblatt*, 18. 12. 1927. *Peter* ist eine längere Fassung der am 1. 9. 1927 in *Beyers für Alle* erschienenen Geschichte *Mama ist nicht zu Hause* (später abgedruckt in: *Das Schwein beim Friseur*). Daneben enthält *Peter* phantastische Elemente, die auf Kästners Roman für Kinder *Der 35. Mai, oder Konrad reitet in die Südsee* (1932) vorausverweisen.

32 Der Doktor kommt (Ein altes Kinderspiel, renoviert)
Herz auf Taille, I, S. 42–44. Erstdruck: *Leipziger Tagblatt*, 15. 7. 1925, u. d. Pseud. Peter Flint. Siehe: *Nur wer erwachsen wird und Kind bleibt, ist ein Mensch*, S. 9.

36 Die sieben Sachen
Interview mit dem Weihnachtsmann. Kindergeschichten für Erwachsene. Hg. Franz Josef Görtz/Hans Sarkowicz, Carl Hanser Verlag, München/Wien 1998, S. 57–61. Erstdruck: *Berliner Tageblatt*, 16. 9. 1930. In *Mama bringt die Wäsche* (in: *Der tägliche Kram*) wie auch in *Als ich ein kleiner Junge war* (Kap. 11) sind die »sieben Sachen« ein Weihnachtsgeschenk, und man darf wohl davon ausgehen, dass sie das auch tatsächlich waren. Hier aber legt Kästner den Schwerpunkt darauf, wie sehr die – rührende – Armseligkeit des Geschenks den Jungen bedrückt und wie schlimm die Äußerungen der Besucherinnen ihn demütigen.

42 Das Knabenkloster

Erstdruck: *Die Große Welt*, Jg. 2, H. 20, November 1925, ohne Verfasserangabe, in der Rubrik: *Die Welt in fünfzig Zeilen*. Kurzfassung der Erzählung *Die Kinderkaserne* (Erstdruck: *Berliner Tageblatt*, 9.10.1925). Die Schuljahre 1913/14 und 1914/15 musste Kästner (geb. 1899) als Interner im Freiherrlich von Fletcherschen Lehrerseminar zubringen – eine Erfahrung, die ihn zeitlebens belastet und in seinem Werk viele Spuren hinterlassen hat: so u. a. in *Der Gang vor die Hunde* bzw. *Fabian* wie auch in einer Reihe von Gedichten.

44 Das Fräulein am Reck

Interview mit dem Weihnachtsmann. Hanser, München/Wien 1998, S. 99–106. Erstdruck: *Neue Leipziger Zeitung*, 19.2.1928, u. d. T. *Boschs Kusine*. Der Titel *Das Fräulein am Reck* ist erstmals nachgewiesen für den Nachdruck in der *Magdeburgischen Zeitung* vom 30.1.1932. Dass der kleinste Junge als bezopftes Mädchen auftreten muss, wird viele Leser an die entsprechenden Szenen mit Uli von Simmern in *Das fliegende Klassenzimmer* erinnern.

52 Zwei kleine Männer comme il faut

Der Karneval des Kaufmanns. Gesammelte Texte aus der Leipziger Zeit 1923–1927. Hg. Klaus Schuhmann. Lehmstedt Verlag, Leipzig 2004, S. 163 f. Erstdruck: *Die Große Welt*, Jg. 2, H. 17, August 1925, u. d. Pseud. Philipp Seidelbast.

comme il faut: frz. Zwei kleine Männer, wie sie sein sollen; *begrüßen (…) sich comme il faut*: wie es sich gehört.

55 Kindernovelle

Erstdruck: *Simplicissimus*, Jg. 32, Nr. 32, 7.11.1927. Die Verfasserangabe John–Kästner lässt darauf schließen, dass Kästner diesen Text zusammen mit Ernst John verfasst hat, einem Journalisten und Kinderbuchautor, den er aus Leipziger Studientagen kannte und der mittlerweile Redakteur bei der Sonntagszeitung *Die Grüne Post* war. Wenige Tage vor der *Kindernovelle* hatte der *Simplicissimus* die Kurzgeschichte *Seemannslos* mit derselben Verfasserangabe veröffentlicht, und Kästner schrieb dazu am 1. Oktober 1927 an seine Mutter: »John–Kästner steht unter dem Simpliz-Beitrag, obwohl ich John& Kästner geschrieben hatte, damit es wie eine Fabrikfirma aussähe.« Und weiter: »John ist so stolz, dass er wieder Schriftsteller geworden ist. Ach, er verachtet jetzt die ›Grüne Post‹ und träumt vom Ruhm an meiner Seite. Komischer Knabe! Unsre Geschichten sind etwa den Späßen Chaplins und Buster Keatons verwandt. Das ist anscheinend Mode, und vielleicht wird's wirklich eine ganz einträgliche Sache.« (*Mein liebes, gutes Muttchen, Du! Dein oller Junge.* Briefe und Postkarten aus 30 Jahren. Ausgewählt und eingeleitet von Luiselotte Enderle. Albrecht Knaus Verlag, Hamburg 1981, S. 67.) Wie in seinem im Sommer 1927 geschriebenen Theaterstück *Klaus im Schrank* vermengt und vertauscht Kästner in der *Kindernovelle* die Rollen der Kinder und der Erwachsenen. Später griff er das Thema Rollentausch wieder auf in *Dann schon lieber Lebertran* und in *Der 35. Mai, oder Konrad reitet in die Südsee.*

Apperzeption: aufmerksame Wahrnehmung, bewusstes Erfassen von etwas Neuem.

Okasa Silber: Mittel zur Stärkung der männlichen Potenz. Erfunden von einem Berliner Apotheker in den 1920er Jahren, produziert in der von Haimoff gegründeten Hormo Pharma KG in Berlin. Inzwischen nur noch mit abgeschwächtem Wirkstoff erhältlich und als Nahrungsergänzungsmittel auf dem Markt.

Cocoty: Parfüm. Der Name ist evtl. eine Verballhornung von Coty, einem französischen Parfumhersteller, der 1924 mit *Knize Ten* eines der ersten Herrenparfüms auf den Markt gebracht hatte.

Que faire?: frz. Was tun? Hier im Sinne von: Was machen wir jetzt?

Pilsator-Bühne: Verballhornung von »Piscatorbühne«. Mit Beginn der Spielzeit 1927/28 hatte der Theaterrevolutionär Erwin Piscator die Leitung des Theaters am Nollendorfplatz übernommen und zum Einstand Ernst Tollers *Hoppla – wir leben!* uraufgeführt, in einer aufregenden Inszenierung, die alle damaligen Theaterkonventionen über den Haufen warf.

Houbigant: ältestes noch bestehendes französisches Parfümhaus (gegr. 1775).

Pompadour: beutelartiges Handtäschchen, oft als Abendhandtasche.

Kredenz: Anrichte, meist mit einem Aufsatz hinten für Gläser (um Getränke zu »kredenzen«).

Ad Exercitium Salamandri!: bei Studentenverbindungen übliche feierliche Form des Zutrinkens: Alle Teilnehmer stehen auf, trinken auf das Kommando (s. o.) mit dem Zuruf »Prost« ihr Glas aus und setzen ihre Gläser gleichzeitig hörbar ab. Im Erstdruck steht fälschlich »Ad Exercitium Salamandris!« – ein Fehler Kästners oder des Zeitungssetzers.

Havelock: langer Herrenmantel ohne Ärmel, aber mit pelerinenartigem Umhang.

Die vollkommene Ehe: Hendrik van de Veldes gleichnamiges Buch (*Het volkomen huwelijk,*

1926) erschien im selben Jahr in deutscher Übersetzung *(Die vollkommene Ehe. Eine Studie über ihre Physiologie und Technik)*. Das Buch tritt für Wissen und Sinnlichkeit in der Erotik ein, gilt in Deutschland als »die Mutter aller Aufklärungsbücher« und erreichte hohe Auflagen.

58 Fauler Zauber

Das Schwein beim Friseur, VIII, S. 329. Erstdruck: *Beyers für Alle,* Jg. 1, H. 9, 25. 11. 1926.

60 Das Schwein beim Friseur

Das Schwein beim Friseur, VIII, S. 321–323. Erstdruck: *Beyers für Alle/Kinderzeitung,* Jg. 1, H. 3, 2. 2. 1928, u. d. T. *Das Schwein beim Friseur. Ein Märchen.* Die hier abgedruckte Buchfassung weicht geringfügig vom Erstdruck ab.

64 Brief an meinen Sohn

Gesang zwischen den Stühlen, I, S. 177 f. Erstdruck: *Stuttgarter Neues Tageblatt,* 4. 3. 1931, u. d. T. *Ein Brief in die Zukunft.* Erich Kästners Wunsch erfüllte sich erst 1957 mit der Geburt seines Sohnes Thomas.
Vaux, Ypern: im Ersten Weltkrieg Schauplätze verlustreicher großer Schlachten.

66 Ein kleiner Junge unterwegs

Kurze Geschichten und Kurzgeschichten. Gesammelte Schriften für Erwachsene, Bd. 4, S. 249–255. Erstdruck: *Berliner Morgen=Zeitung,* 23. 10. 1927. *Soldatenblumen:* die Ringelblume (Calendula officinalis), altbekannte Heilpflanze. Die aus den frischen Blüten und Blättern bereitete Salbe hilft sogar bei brandigen Wunden (daher der Name Soldatenblume).

74 Zwei Mütter und ein Kind

Das Schwein beim Friseur, VIII, S. 341–346. Erstdruck: *Berliner Tageblatt,* 5. 5. 1929. *Taxuszeile:* Schmale Eibenschnitthecke.

82 Elementarunterricht

Die Entlarvung des Osterhasen. Geschichten. Hg. Franz Josef Görtz/Hans Sarkowicz Sanssouci im Carl Hanser Verlag, München 2007, S. 40 f. Erstdruck: *Die Große Welt,* Jg. 1, H. 5, August 1924, in der Rubrik: *Die Welt in fünfzig Zeilen.* Verfasserangabe: Von einem Schulamtskandidaten. Im Erstdruck wie in einem Typoskript aus dem Nachlass Kästner wird der Titel – anders als bei Görtz/Sarkowicz – in einem Wort geschrieben.

84 Arthur mit dem langen Arm

Arthur mit dem langen Arm, VIII, S. 10–13. Erstdruck: *Arthur mit dem langen Arm.* Williams & Co, Berlin-Grunewald 1930, o. S.

88 Der neugierige Friedrich

Das Schwein beim Friseur, VIII, S. 325–328. Von Kästner überarbeitete Fassung. Erstdruck der Originalfassung: *Beyers für Alle/ Kinderzeitung,* Jg. 1, H. 24, 22. 11. 1928.

92 Ein Quartaner denkt beim Anblick des Lehrers

Gesang zwischen den Stühlen, I, S. 194 f. Erstdruck: *Die Weltbühne,* Jg. 27, Nr. 1, 6. 1. 1931, mit kleinen Abweichungen und u. d. T. *Ein Quartaner denkt.*

Quartaner: Nach Sexta und Quinta ist die Quarta die dritte Gymnasiumsklasse, sie entspricht also der 7. Klasse.

Groß-Grünau: evtl. eine Anspielung auf den Berliner Ausflugsort Grünau.

94 Krieg in der Hechtstraße

Erstdruck: *Berliner Tageblatt,* 2. 12. 1928. Unschwer zu erkennen als eine der Vorstufen für *Das fliegende Klassenzimmer* (1933). Den eindrucksvollen Namen Wawerka übertrug Kästner im Roman auf den Einzelkämpfer der gegnerischen Mannschaft. Mit der Autohupe stattete er schon drei Jahre früher Gustav in *Emil und die Detektive* aus.

Schlacht von Thermopylae: Durch den Engpass der Thermopylen – zwischen Kallidromosgebirge und Malischem Meerbusen – führte im Altertum die einzige und daher militärisch bedeutende Straße zwischen Nord- und Mittelgriechenland. 480 v. Chr. konnte der Spartanerkönig Leonidas mit einer kleinen Heerschar die Thermopylen relativ lange gegen die Übermacht der Perser verteidigen. Diese umgingen aber mit Hilfe eines Verräters die griechische Stellung und griffen auch von hinten an. Im anschließenden Kampf fielen sämtliche Griechen.

102 Panne!

Erstdruck: *Die Grüne Post,* Jg. 1, Nr. 28, 16. 10. 1927.

104 Der missglückte Milliardär

Kindergeschichten für Erwachsene, VII, S. 164 f. Erstdruck: *Neue Leipziger Zeitung,* 28. 10. 1930.

106 Mädchens Klage (Dem Wohnungsamt gewidmet)

Herz auf Taille, I, S. 58 f. Erstdruck: *Herz auf Taille.* Curt Weller & Co, Leipzig/Wien 1928. In *Bei Durchsicht meiner Bücher* (Atrium Verlag, Basel/Zürich 1946, S. 115) fügt Kästner folgende Anmerkung an: »Das Gedicht bezieht sich auf die ›normale‹ Wohnungsnot vor 1930. Die Folgen der Wohnungsnot nach dem Hitlerkrieg sind, auch bei sehr kühner Fantasie, nicht absehbar.«

Wenn ich bei uns zu Haus …: Dass die Familie in einem der obersten Stockwerke wohnt, ist ein Zeichen ihrer besonders ärmlichen Lebensverhältnisse. Die Wohlhabenderen wohnten weiter unten (vgl. *Als ich ein kleiner Junge war,* Kap. 5, *Die Königsbrücker Straße und ich*).

108 Kleine Freundin

Rund um die Plakatsäulen, VI, S. 283 f. Erstdruck: *Der Querschnitt,* Jg. 11, Nr. 12, Dezember 1931.

Ernst Lothar: 1890–1974, österreichischer Erzähler, Essayist, Kritiker und Theaterregisseur. Emigrierte 1938 nach Paris und weiter nach New York. Half nach dem Zweiten Weltkrieg mit, das österreichische Theater wieder aufzubauen. 1952–59 Direktoriumsmitglied der Salzburger Festspiele und als Regisseur verantwortlich für die *Jedermann*-Aufführungen.

110 Experiment mit Müttern

Kabarettpoesie. Nachlese 1929–1953, II, S. 347–350. Erstdruck: *Berliner Tageblatt,* 25. 2. 1932. In dem Band *Meine Mutter zu Wasser und zu Lande* (Hg. Sylvia List, Atrium Verlag, Zürich 2010) ist die leicht überarbeitete Fassung aus der *Neuen Leipziger Zeitung* vom 5. 3. 1932 abgedruckt (S. 131–135, 212).

Gebirgshotel: Grandhotel Kitzbühel, in dem Kästner vom 18. Januar bis zum 20. Februar 1932 zu Gast war.

115 Das Riesenspielzeug

Gesang zwischen den Stühlen, I, S. 189 f. Erstdruck: *Die Weltbühne,* Jg. 27, Nr. 47, 24. 11. 1931. Unter dem Titel stand als Motto: »Es gibt eine Million jugendliche Erwerbslose.« Im Wortlaut leicht verändert und als Anmerkung am Schluss des Gedichts erstmals 1958 in Band I der siebenbändigen Werkausgabe *Gesammelte Schriften.*

118 Die Ballade vom Nachahmungstrieb

Gesang zwischen den Stühlen, I, S. 207 f. Erstdruck: *Die Weltbühne,* Jg. 27, Nr. 12, 24. 3. 1931. Im Erstdruck ohne Anmerkung.

121 Der Zauberer hinterm Ladentisch

Interview mit dem Weihnachtsmann (Hanser, München/Wien 1998), S. 26–31. Erstdruck: *Neue Leipziger Zeitung,* 12. 5. 1929.

Kotillonartikel: Der Kotillon war ein bei Tanzgesellschaften, z. B. bei Hausbällen, beliebtes Tanzspiel, oft zum Abschluss des Abends. Er bestand aus einer Abfolge verschiedener Tänze (»Touren«), bei denen kleine Geschenke üblich waren.

127 *Zwanzig Autogramme*

Gemischte Gefühle. Literarische Publizistik aus der »Neuen Leipziger Zeitung« 1923–1933, Bd. 1, Atrium Verlag, Zürich 1989, S. 308. Erstdruck: *Neue Leipziger Zeitung,* 26. 8. 1932.

Rastelli: Enrico Rastelli, 1896–1931, italienischer Jongleur.

129 *Die Sache mit den Klößen*

Arthur mit dem langen Arm, VIII, S. 20–22. Erstdruck: *Arthur mit dem langen Arm.* Williams & Co, Berlin-Grunewald 1930, o. S.

132 *Premierenbericht für Klaus und Kläre*

Erstdruck: *Beyers für Alle/Kinderzeitung,* Jg. 3, H. 79, 31. 12. 1930, u. d. T. *Briefe an Klaus und Kläre.* Nicht alle 366 Texte, die zwischen Oktober 1926 und März 1943 unter der Überschrift *Briefe an Klaus und Kläre* erschienen, stammen von Erich Kästner. Dieser aber ganz sicher. Auf das erwachsene Publikum abzielende Publicity für sein Stück betrieb Kästner gleichzeitig: In der *Neuen Leipziger Zeitung* veröffentlichte er am 25./26. Dezember 1930 den Artikel *Das Kind als Darsteller,* im *Berliner Tageblatt* vom 31. 12. 1930 den Artikel *Wenn Kinder Theater spielen.*

134 *Kinder lesen anders*

Reden und Vorreden. Gesammelte Schriften für Erwachsene, Bd. 8, S. 240–242. Erstdruck: *Mittelbayerische Zeitung,* 6. 4. 1956. Der Text entstand aus Anlass der Jugendbuchwoche vom 21.–28. April 1956.

136 *Kicherfritzen*

Das Schwein beim Friseur, VIII, S. 324. Erstdruck: *Der Kinderfreund,* Beilage zur *Leipziger Volkszeitung,* Jg. 7, Nr. 15, August 1931, u. d. T. *Kicherfritzen!*

138 *Schafft ständige Kindertheater!*

Erstdruck: *Pinguin,* Jg. 1, H. 8, August 1946, u. d. T. *Emil und die Detektive: Schafft ständige Kindertheater!* (gekürzt).

Hohneujahr: auch Hochneujahr, eine im süddeutschen und alpinen wie auch im thüringisch-sächsischen Raum vorkommende Bezeichnung des 6. Januar (Dreikönigstag, Epiphanias); der Tag, der den Schlusspunkt hinter die auf Weihnachten (25. Dezember) folgenden zwölf Raunächte setzt.

141 Ein Kinderdorf entsteht

Erstdruck: *Die Neue Zeitung,* Frankfurter Ausgabe, 4.7.1947, u.d.T. *Reise in die Zukunft. Über Studenten und Kinder* (Auszug). Nach der Lektüre dieses Textes versteht man gut, dass Erich Kästner am 13. Mai 1974, wenige Monate vor seinem Tod am 25. Juli, gern seine Zustimmung dazu gab, ein Kinderdorf nach ihm zu benennen. Dieses Erich Kästner Kinderdorf, mit Stammhaus in Oberschwarzach, wurde am 1. Juli 1974 gegründet und später von Luiselotte Enderle, Kästners Lebensgefährtin, zum Erben eingesetzt. Es erhielt u.a. Kästners Bibliothek, soweit der damalige Testamentsvollstrecker sie nicht für seine Zwecke beanspruchte. In der Steinmühle, Oberschwarzach, ist die Bibliothek zugänglich. Die ursprüngliche Ordnung der zentralen Teile blieb leider nicht erhalten.

Graf Albert Keyserlingk: eig. Adalbert Graf von Keyserlingk, gen. Bert (Breslau 1905 – Öschelbronn 1993). Diplomierter Landwirt und Arzt, Anhänger der anthroposophischen Lehre Rudolf Steiners. 1933 Verbot, die Familiengüter weiter zu bewirtschaften. Daraufhin Medizinstudium, kurz vor Kriegsbeginn Eröffnung einer Arztpraxis in Breslau. Nach Kriegsbeginn Verhaftung durch die Gestapo als »gefährlichster Anthroposoph Schlesiens«. 1941 Haftentlassung und Fronteinsatz als Arzt. Nach Rückkehr aus der Kriegsgefangenschaft Aufbau des Kinderdorfs »Wahlwies« am Bodensee. Mitarbeit dort bis 1949.

kannegießern: politische Plattheiten und dümmliches Stammtischgeschwätz von sich geben. Der Ausdruck leitet sich her von Ludwig Holbergs Lustspiel *Der politische Kannegießer* (1722), in dem ein politisierender engstirnig-beschränkter Zinngießer die Hauptfigur ist.

144 Kein sehr schönes Spiel

Typoskript o. D., Nachlass Kästner, DLA Marbach. Das Manuskript trägt oben rechts den Vermerk »Neues Kinderbuch, Arbeitstitel: *Das große Geheimnis*« – Kästners Arbeitstitel für *Das doppelte Lottchen.* Der Text selbst ist überschrieben: »Ein trauriges Kapitel, das mit den anderen Kapiteln dieses Buchs glücklicherweise nur am Rande zu tun hat. Es handelt sich im Grunde um eine Einleitung, die allerdings nicht überflüssig ist.« Letzten Endes entschloss Kästner sich, auf diese Einleitung zu verzichten, und damit gehört *Das doppelte Lottchen* neben *Die Konferenz der Tiere* und *Der kleine Mann* zu seinen wenigen Kinderbüchern ohne Vorwort.

147 *Gleich und ungleich*

Erstdruck: *Die Neue Zeitung,* Berliner Blatt, 12.4.1947.

Onkel Eduard: von Kästner häufig für sich selbst verwendeter Spitzname.

149 *Zur Entstehungsgeschichte des Lehrers*

Der tägliche Kram, II, S. 76 f. (Auszug). Erstdruck: *Pinguin,* Jg. 1, H. 6, Juni 1946. Das handschriftliche Manuskript im Nachlass Kästner trägt den Titel *Zur Entstehungsgeschichte des deutschen Lehrers.*

152 *Pädagogik spaßeshalber (Ein altes Kinderspiel, renoviert)*

Lärm im Spiegel, I, S. 93 f. Erstdruck: *Beyers für Alle*/Kinderzeitung im Hauptheft, Jg. 2, H. 8, 24.11.1927, u. d. T. *Schulespielen (Altes Rezept.* Erneuert von Erich Kästner).

Wilhelm Tell: Schillers Drama um diesen Schweizer Nationalhelden gehörte zum Pflichtpensum im Deutschunterricht an den Gymnasien.

154 *Die Musen als Erzieher*

Erstdruck: *Schule und Gegenwart,* Nr. 12, Dezember 1950, in der Rubrik *Zwischenruf* (gekürzt). Von der Redaktion wurde der Text angekündigt als »Beitrag zum Problem der Kinderspielbühne«. Er ist aber ebenso ein Beitrag zum Kampf gegen die damals diskutierte Wiedereinführung des Schmutz- und Schundgesetzes, gegen dessen Ersteinführung in der Weimarer Republik Kästner schon 1926/27 zu Felde gezogen war.

Internationale Jugendbibliothek: Die Einrichtung einer internationalen Jugendbibliothek geht auf eine Initiative Jella Lepmans zurück. Erich Kästner gehört zu den Gründungsmitgliedern. Am 12. September 1949 wurde die IJB in der Kaulbachstraße 11a in München-Schwabing eröffnet. Seit 1983 residiert sie in Schloss Blutenburg in Obermenzing.

angegrauten Hausfreunden: Zu ihnen zählte auch Erich Kästner, der lt. Homepage der IJB in der Anfangszeit eine Jugendtheatergruppe leitete, möglicherweise die von ihm beschriebene.

157 *Ansprache zum Schulbeginn*

Die Kleine Freiheit, II, S. 194–197.

Ankersteinbaukasten: Seit 1880 hergestellte, jahrzehntelang sehr populäre Baukästen. Die künstlichen Steine bestehen aus Sand, Kreide und Leinölfirnis. Sie sind genau aufeinander abgestimmt, so dass sich aus ihnen ohne irgendwelche Bindemittel große Bauten errichten lassen.

Schulwebel: wie ein Feldwebel auftretender

Lehrer. Feldwebel – höchste Rangstufe der Unteroffiziere – standen im Ruf, die ihnen unterstellten Soldaten zu schikanieren.
nicht auf dem Berge Sinai entstanden: Dort erhielt Mose von Gott die Gesetzestafeln mit den Zehn Geboten (2. *Buch Mose*, 20, 2–17).
Plempe: Soldatensprache, seitlich baumelnde Waffe (Seitengewehr oder Säbel).
Gravelotte und Mars-la-Tour: nach den Orten ihrer Austragung benannte Schlachten im Deutsch-Französischen Krieg 1870/71.

162 *Berlin und die Detektive*

Typoskript, Nachlass Kästner, DLA Marbach. Erstdruck: *Berliner Guck-Kasten*. Hg. Erich Stückrath. Ernst Staneck-Verlag, Berlin 1955, u. d. T. *Das sind die Kinder von Berlin*. Titel des Typoskripts: *Berlin und die Detektive*. Vor- und Nachspann wurden offenbar für das o. g. Buch geschrieben. Der Mittelteil des Textes ist wortidentisch mit dem 1935 entstandenen *Vorwort für Fachleute* aus *Emil und die drei Zwillinge* (VII, S. 309–314). Aus einem anderen Blickwinkel – nämlich dem des Autors, der die ihm vertraute Umgebung zum Schauplatz der Handlung seines Buchs gewählt hat – beschrieb Kästner die Dreharbeiten für die erste Verfilmung von *Emil und die Detektive* in dem Artikel *Wiedersehen mit Emil* (VI, S. 281–283; Erstdruck: *Berliner Tageblatt*, 29. 11. 1931).

170 *Beim Betrachten von Kinderfotos*

Erstdruck: *Kindertage/Kinderseelen*. Ein Bildwerk. Hg. Paul Junker. Eingeleitet von Erich Kästner. Athenäum-Verlag, Bonn 1956, S. 5 f. Kästner beschreibt dieses Foto auch in *Als ich ein kleiner Junge war* (Kap. 5). Abgebildet ist es z. B. in: Sven Hanuschek, *Erich Kästner*, S. 12 (rowohlts monographien).

173 *Alter Herr, anno 1970*

Nachlese zur Nachlese, I, S. 352 f. Erstdruck: *Neue Leipziger Zeitung*, 18. 1. 1933. Kästner übernahm dieses Gedicht inhaltlich nur wenig verändert unter dem Titel *Ein alter Herr geht vorüber* im Juli 1946 in das dritte Programm der Schaubude. Leider war es genauso aktuell wie 1933.
Menetekel: unheilverkündendes Zeichen; von »Mene, Tekel, Upharsin«, den von Geisterhand an die Wand geschriebenen Worten, gedeutet als »gezählt, gewogen, zerteilt und (weg-)gegeben«, die den Sturz des babylonischen Königs Belsazar und das Ende seines Reichs vorhersagen (*Daniel* 5).

Dank

Für seine unschätzbare Hilfe danke ich Johan Zonneveld von Herzen. Schon bei der Recherche für diesen Band hat er mich nach Kräften unterstützt. Ohne ihn wäre es mir nur unter größten Mühen möglich gewesen, an die Vorlagen der vielen Texte zu kommen, die hier erstmals wieder nachgedruckt werden – immerhin ein knappes Drittel der Auswahl.

Erich Kästner, 1899 in Dresden geboren, begründete gleich mit seinen ersten beiden Büchern seinen Weltruhm: *Herz auf Taille* (1928) und *Emil und die Detektive* (1929). Nach der Machtübernahme der Nationalsozialisten wurden seine Bücher verbrannt, er erhielt Publikationsverbot, sein Werk erschien nunmehr in der Schweiz beim Atrium Verlag. Erich Kästner erhielt zahlreiche literarische Auszeichnungen, u. a. den Georg-Büchner-Preis. Er starb 1974 in München.

Sylvia List arbeitete als Verlagslektorin, Redakteurin und Übersetzerin. Seit einigen Jahren ist sie Herausgeberin von Anthologien mit bekannten und unbekannten Texten Erich Kästners, u. a. *Meine Mutter zu Wasser und zu Lande, Morgen, Kinder, wird's nichts geben!, Zwischen hier und dort, Meine Katzen, Goethe und die Schrebergärtner, Interview mit dem Weihnachtsmann, Sonderbares vom Kurfürstendamm* und *Man schwitzt und fragt: Wann hört das auf?.*